Akinobu & Ryū
「花屋の店先で」

「俺、もう甘えないよ」
もう、互いに別の人の手を、既に取ってしまっている。いつまでも縋ってはいられない。きっとどんな間柄の家族も、いつかはそうして本当は誰もが一人一人だということを知らなくてはならないのだ。
(「末っ子の珍しくも悩める秋」P.203より)

Chara

花屋の店先で

毎日晴天！8

菅野　彰

キャラ文庫

この作品はフィクションです。
実在の人物・団体・事件などにはいっさい関係ありません。

目次

口絵・本文イラスト／二宮悦巳

花屋の店先で

「なんやおっさん、景気の悪いツラやな」

夏休みまでそう間もない学校なのに午後をサボッて来たのか、つい最近までこの花屋で働いていた阿蘇芳勇太《あすおうゆうた》が夏物の開襟《かいきん》シャツをはためかせながら店の前で自転車を止めた。

「るっせーな、いちいち見とがめてんじゃねえよクソガキ」

おっさん呼ばわりされた竜頭《りゅうず》町商店街の片隅にある生花店の主人、龍《りゅう》が、見たままの景気の悪さを露《あらわ》に応《こた》える。

「まああんたの不景気なんかどうでもええんやけど……ちょっと吸わしてや」

右手の人差し指と中指を口の前で立てて、少し辺りを憚《はばか》るようにして勇太が所狭しと仏壇花のバケツが置かれる店の中に上がり込んだ。体裁の悪いことに制服のままレジ台の向こうにしゃがみこんで、隠し持っていた潰《つぶ》れた煙草《たばこ》を取り出して急《せ》いた様子で勇太が底を打つ。

「よせよ制服で……」

いつものことなのだが一応注意だけはして、花の水揚げをしながら龍は溜息《ためいき》をついた。

「せやけど真弓《まゆみ》おったら吸えんし仕事場は禁煙で、ほんまヤニ切れてもておかしなりそや。これだけはどないしてもやめられへんねや」

同居中の勇太の恋人は健康面で特に口うるさく、放課後バイトという名目で弟子入りしている仏具造りの仕事場は木屑《きくず》が多いので火気厳禁だ。

だからと言ってここで吸われても、としっかり叱《しか》れるほど龍は立派な大人ではない。

「俺はいいんだけどよ……別におまえが煙草吸ってても。ただうちで吸わせてたのがバレると厄介だろ」

自分の若いころを思えばその程度のモラルしか持ちようがなく、さりとて勇太のことも気の毒で龍はぶつぶつと呟《つぶや》きながら頼まれものの花を纏《まと》めた。

「……なんでずっとそっち向いてんねん、あんた」

深く吸い込んだ煙を吐いて人心地ついて、龍が一度もこちらを振り返らないことにようやく勇太が気づく。

「なあて」

年長者への敬意などかけらも払わず、勇太はしゃがんだまま足を伸ばして龍を蹴《け》った。

仕方なく肩で息をついて、龍が珍しく括《くく》らずに下ろしている髪を流して左頰《ひだりほお》を見せる。

「どないしたん、その顔」

ぷっ、と露骨に吹き出して、それだけでは止《や》まずに勇太は声を立てて笑った。勇太が指さした先の龍の左頰は、明らかに女に叩《たた》かれたような赤みが残っている。

「……わるふざけが過ぎてよ」

「明信《あきのぶ》なんか、それ」

　今のところ龍が平手で叩かれるような相手は、同居中の恋人の兄でもある帯刀明信《おびなたあきのぶ》しか思い当たらず、遠慮のかけらもなく勇太は言い当てた。

「聞くなよ、人のプライバシーに立ち入んじゃねえっつの」

　痛くはないのだが体裁の悪い頬を摩《さす》って、昨日泊まって朝ここから学校へ行った恋人のことを思い出し龍が溜息をつく。七つ年下の龍の恋人はまだ大学院に通っている学生で、長男の扶養下にあることもあって遠慮しながら週に一度泊めるのがせいぜいだった。学校が終われば夕方の花屋を手伝いに必ず寄ったが、普段の日は龍の夕飯を支度して家族の団欒《だんらん》に間に合うように急ぎ足で帰って行った。

「そんな悪さしましたて顔に書いといてプライバシーも何もあるかい。なあ、何して叩かれたん」

「なんでそんな興味津々《しんしん》なんだよ」

　もう終わったのかと思った問いかけを続ける勇太に、龍が眉根《まゆね》を寄せる。

　女が出入りするのを見ていたころも明信が出入りするようになってからも、そういう個人的な領域には決して踏み込む気配を見せなかったはずの勇太が露骨に興味を示すのが龍には不思議だった。

「明信が引っぱたくっちゅうことはかなりなことしたんやろ思て、さすがに興味深いわ。あいつ絶対人に手えあげたりしなさそうやん。ましてやあんたのこと叩くなんてよ……ま、想像はつくけどな」

　そういう明信が恋人を叩いたというのだから理由は幾つもは思い当たらず、わざと下世話に口の端を上げて勇太が笑う。

「たいしたことじゃねえよ……朝ちょっとちょっかいかけたら、半泣きになって嫌がるもんだから……」

「もんだから？」

「自棄《やけ》んなって、おまえは俺の白百合《しらゆり》だ！　つったら相当カンに障ったらしくてパシンと……うわっ、鋏《はさみ》引っ込めろ！」

　聞いた途端に全身に鳥肌を立ててつい花切り鋏を握った勇太に、慌てて龍は後ずさった。

「……すまん、つい。けどそんなしょうもないこと抜かすおっさん、叩かれても刺されてもしゃあないわ」

「だってよ……あーもーなーっ、俺ああいうタイプ付き合ったことねえから時々どうしたらいいのかわかんなくなんだよ。思えば今までの女はみんな、いやーんきゃーしてして、みたいな感じでよ」

　レジ台の椅子《いす》に座って龍が頭を掻《か》き毟《むし》り、どうしようもなさを干支《えと》一回り以上年下の勇太に訴える。

「そういうんが好きなんか、あんた。まー言うてみたら真弓が結構そういうタイプやけどな。

恥じらいっちゅうもんが欠けてんねん、あいつ」

「……聞きたくねえ。生まれたとっから知ってるかわいい真弓のそんな話は全然聞きたくねえぞ」

そもそも龍は帯刀家の長女志麻《しま》と同級で、長男の大河《たいが》、次男の明信、三男の丈《じょう》、末弟の真弓の兄弟とは同じ町会の幼なじみだ。明信から下は生まれたところから覚えているし、真弓に至ってはつい最近まで赤ん坊を見ているような気持ちが抜けなかった。

「それ言うたら明信かて似たようなもんちゃうの、あんたにしたら。ま、俺もしたないわ。そんな話。けどおもろいもんやな。俺ほんまは元々、そういうんが好みのタイプやったんやけど。あー、白百合？　……ほんま寒いわこの表現」

吸いだめとばかりに早くも二本目の煙草に火をつけて、遠い過去を掘り返して勇太が膝《ひざ》に頬《ほお》杖《づえ》をつく。

「おとなしいのんを、いややて泣かすのが好きやったんや。ガキのころな」

「しょうもねえな……男ってのは全くよ」

呆《あき》れながらもそういう気持ちももちろんわからない訳でもなく、溜息の代わりに龍も煙草に火をつけた。

「けどもうそんなん、つまらんけどよ。昔の話や。今のは何したかて泣き寝入りするようなタイプちゃうし」

「俺だってよ……」

もう子どもでもないしそんな真似はしたくないとは龍こそが言いたいところだったのだが、いかんせん相手が何をしても泣き寝入りしそうなタイプなので、加減の仕方がわからない。

「泣かしたりしたくねえんだよな……真面目《まじめ》な話」

「……こんな真っ昼間からそんな切迫した呟き聞かされても困るで、俺」

最も不得手とする方向に話が向かっていることに気づいて、さっさと二本目を吸い上げて立ち去ろうと勇太は腰を浮かした。

「考えてみりゃ情報量が足りねんだよ」

いやこうなったら話を聞いていけと、開けていない煙草を勇太に投げて龍が足止めする。

「本気であいつがいやなら嫌がることしたくねえんだけどよ、いやだっつったらホントにいやなんかな。口ではいやだっつっても……て時が女はあるだろ?」

「勘弁してーな、お勉強会かいな。俺言うとくけど女は一切わからへんから」

「だから、男はどうなんだよ」

「男かて女かてそんなん人それぞれちゃうの。真弓はいやや言うたらほんまにいややから、俺最中に蹴り飛ばされたことあるで。そんなんできるか言うて」

「何しようとしたんだよおまえは……」

「そら色々してみたなるのが男の性やろが。けど何してもいやや言うやつは確かにおるけどなっちゃな」

……気持ちええのも恥ずかしゅうていややて。そんなん見てわからんのかいな、どんくさいや
「わかんねえから困ってんだろうがよ」

「あんた百戦錬磨のなんとかかんとかなんちゃうの？　真弓が言うとったで」

「おりゃ下半身のだらしねえ男なのよ……元々は。だけど明信があーだから辛抱してんだぜ？

何かと。このままじゃ徳の高い坊さんになっちまうっつうの」

だから本当は叩いてくれるぐらいの方がいいのだが、口には出さずに龍は痛まない頬を拭《ぬぐ》っ
た。

「気い遣いやな、あんた意外と。そういうタイプとは思わんかったわ」

「……別にそんな訳じゃねえんだけどよ」

何かを見透かすような声音で揶揄《からか》いとも取りがたい視線を勇太に向けられ、龍が肩を竦《すく》める。

「なんだかんだ言って、最後に我慢すんの俺じゃねえから。……スケベの話じゃなくてもな」

独り言のように少しの憂鬱《ゆううつ》を滲《にじ》ませて呟いた龍の横顔を、意外な気持ちで勇太が見つめた。

「なんや。あんたらすっかりあんじょういっとったんやなかったんか」

特に喧嘩《けんか》をしたりする様子もなく、家族を騒がせない程度のペースを保って会っている龍と
明信は、そう長い付き合いではないけれど問題なく行っていると誰もが思い込んでいて、勇太
がその驚きをそのまま口にする。

「うまくは……いってっけどな。ただ」

そんな風に深く案じてもらう類《たぐ》いのことではないと、龍は笑った。

「まだなんにもわかんねえさ、お互い。そりゃ当たり前のことだろ？」

「……へえ」

それを気負いなく当たり前と言った龍は、普段感じることはあまりないがやはり年長者なのかと知って、勇太が肩をしゃくる。

「もっと浮かれるもんちゃうの？　まだ始まったばっかりやろ」

「高校生と一緒にすんなっつの」

もうこの話は終わりだと、手を振って龍は二本目の煙草を叩いた。

「そしたらまあ、適当に頑張れや。……俺そろそろ行くわ」

ぽん、と勇太に背を叩かれて、おっさんおっさん言うがおまえこそ一体何処《どこ》の親父だとその腰の据わりように龍は言いたくなったが、彼が落ち着いた様子を見せるのは龍には安堵《あんど》すべきことで、苦笑して背を見送ろうとした。

「おや勇太、久しぶりじゃないの。あれ？　あんた何、学校サボッたの!?」

けれどそこへ入り口を塞《ふさ》ぐようにして、配達に出ていたパートの金谷《かなや》が勢いよく飛び込んで来る。

「ちょっと、まーた煙草吸ったね!?　龍っ、まだ親の臑齧《すねかじ》ってるガキに酒や煙草やらすなって、何遍言ったらわかるんだいあんたは！　だいたい商い物が傷むだろ、店の中で吸うんじゃないよ!!」

「いや、俺はやめろっつったのに勇太がききゃしなくて……」

よくきく鼻ですぐに煙草の匂いを嗅《か》ぎつけた金谷に叱り飛ばされ、庇《かば》い立てする義理はないと龍は保身に回って激しく首を振った。

生まれたときから龍を知っている金谷は誰の手も借りられずに龍が一人でこの店を始めた時にも飛んで来てくれて、背を叩き小言を言いながら手を貸してくれた恩人だ。当時誰の信用も得られず商工会にも入れてもらえなかった龍は、金谷にはどれだけ助けられたかわからない。

「勇太！　いい加減にしないとあんたんとこの先生に言い付けるよ!!」

だがそんな背景があろうとなかろうと、龍や勇太が逆らえる相手ではなかった。

「いでででで、あいたっ、勘弁してやおばちゃん！　もうせえへんっ」

二十センチも高いところにあるはずの頰を勇太は思いきり抓《つね》られ、その痛みのツボを見事についた攻撃に白旗を上げる。

「……龍、覚えとけやわれ」

真っ赤になった頰を摩って、裏切りを忘れず勇太は小さく呟いた。

「それよりこれ。ホラ、勇太もちょっと見ておいき」

説教はもう終了なのか金谷が、何か配達先から持って来たと思《おぼ》しき大きな封筒をレジ台に置いて、行こうとしていた勇太まで呼ぶ。

「なんや」

金谷には逆らえず頬を摩りながら、勇太は渋々とレジ台に近づいた。

目の前にその封筒を置かれた龍はすぐにその中身がわかって、一歩後ろに後ずさる。

「逃げんじゃないよ、龍。いい加減年貢《ねんぐ》納めとくれ」

「なんでだよ、最近あきらめてたんじゃなかったのかよ！」

ほとんど悲鳴という勢いで壁に張りついて、掌《てのひら》を翳《かざ》して龍は開封を拒んだ。

「だってどんどんうちの舅《しゅうと》年寄りになっちまってさ、あたしもそうそうここ手伝えなくなって来ただろ？　完全に来れなくなる前に決めとかないとさ」

「なんや、見合い写真か」

封筒の中の厚い台紙を覗《のぞ》き込んで、珍しくもないと勇太が肩を竦める。

何しろいい年の個人商店主なので、早くいい嫁を見つけてやろうという見合い婆は後を絶たず、二十代最後の年などはそれこそ雨あられというぐらいに龍の元には見合い写真が持ち込まれていた。

「いい年こいていつまでもフラフラフラフラしてられると思ったら大間違いだよ龍！　同級生を見てみな、みんなちゃんと所帯を持って地に足つけて生活してるだろ。男だってね、適当な年になりゃ子種だってなくなるんだよ！」

「うわ……パンチの利いた台詞《せりふ》やな」

「おばちゃん、けど俺何遍持って来られても」

「あんたなんかいい方なんだよ、こんな朝早い商売の跡取りなんてね、まず見合いしようって人見つけるの大変なんだから。だけどそこの女子校に昔通ってたってお嬢さんでさ、あの花屋さんなら是非って大乗り気で。川向こうの薬局の娘さんなんだけどね、これがまた気立てのいい別嬪《べっぴん》さんなんだよ。騙《だま》されたと思って見てみなって！」

「いや……ホントに……っ」

　何度聞かされたかわからない口上だが今度という今度は自信があるのかはたまた強引に纏めてしまうつもりなのか、金谷が龍の前に写真を広げようと迫る。

「マジで、おばちゃんごめん！　見ちまって断ったら悪いだろ？　頼むから下げてくれよ、この通りだ！」

　合わせた両手を立てて龍が、深々と金谷に頭を下げた。

　その強情には溜息をついて、金谷も渋々と写真を引っ込めるほかない。

「嫁さんが来りゃ、色々楽にもなるんだよ。龍」

「そういう考えで来てもらうのも悪ぃし……それに俺」

「子どもだってね、できちまえば勝手に育ってくれるんだ。見てるうちにこっちだって自然と親になれるもんなんだよ」

言いよどんだ言葉の先を読んで、やんわりと、諭すように金谷は言った。

「……うん、そうかもしんねえけど」

見透かされた意気地の無さに苦笑して、龍はなんとも言えずに高い背を丸める。

「じゃあ、今日のとこは引っ込めるけど」

あきらめて金谷は丁寧に写真をしまったが、まだ言葉は喉元《のどもと》に残っているようで真面目な顔で龍を見上げた。

「あんた、もしかして一生所帯持たない気なんじゃないだろうね」

初めて問われたそれに、龍は無言のまま答えない。

「あんたにはいろんな人に悪いと思う気持ちがあるんだろうけど、誰もそんなこと望んじゃいないんだからね」

「……わかってるよ。わかってる」

強く叱るように金谷が言ってくれた言葉は身に余って、龍は頷《うなず》いて抗《あらが》わなかった。

「ならいいけど」

「頭下げにいかなきゃなんねんだろ？　これ、ついでにお花の先生んとこ置いてって。おばちゃん」

どうにもしがたい気まずさは残って、足を迷わせた金谷に龍が頼まれていた花を抱えて渡す。

「じゃあ届けたらこのまま帰るよ」

「そうしてくれ。お疲れさんでした」

「気いつけてな、おばちゃん」

見送った龍と勇太に手を振って、少しだけいつもより元気のないまま金谷は店を出て行った。

「……いっそ明信のこと言うてしもたらええんちゃうの」

毎回これでは龍も心労が大きいだろうと多少思いやって、しない方がいいような提案を勇太が聞かせる。

「バカ、ぶち殺されるぞ俺。あいつガキのころから真面目で優秀で、この辺じゃ期待の星なんだからよ。それに……」

言葉を迷って、龍は首を傾けて下りて来た前髪を掻き上げた。

「別に明のことがあるから結婚しねえ訳じゃねえから」

独り言のように言った龍の横顔を、訝《いぶか》るでもなく、じっと勇太が見つめる。

「……ふうん」

「なんだよ」

「大人は色々複雑で大変そうやなと思て」

わかっているのかいないのか龍には判別できない口調で、さらりとそう呟くと今度こそ行こうと勇太は鞄《かばん》を担ぎ直した。

「明に余計なこと言うなよ」

「俺は言わへんけど、当てになりそもないのが若干一名」

外に向かおうとして勇太が、恐らく少し前からそこで筒抜けの話を聞いてしまっていたのだろう男に気づく。

「軒下におるで」

人一倍でかい図体を丸めるようにして恨みがましく龍を睨《にら》んでいる帯刀家三男の丈を、親指で勇太は指した。

「……丈、おい」

呼び止めようとした龍を止どめのように思いきりもう一度睨んで、脱兎《だっと》のごとく丈が駆け去って行く。

「いつもあんなんなん？　あいつ」

「明が一応なんか言い含めてるらしくてな、あそこからは絶対入って来ねえんだけどよ……朝一睨み帰りに一睨み。呪《のろ》いとかあったらもう死んでるぞ。俺」

「そういや明信泊まった翌日大荒れやしな、未だに。ほんま呆れ返るわあいつらのブラコンには。まあ気にせんとき」

「気にすんなって言われてもよ……」

軽く肩を叩かれて疲れが増したが、何かすべがあるはずもなく溜息交じりに龍は勇太を見送った。

西日の強くなった夕方の竜頭町の音を、特に仕事もないレジ台に肘《ひじ》をついて、ぼんやりと龍《りゅう》は聞いた。人々が夕飯の支度を始めるこのころが、店は一番暇だ。

一月先の夏祭りのためにお囃子《はやし》の稽古《けいこ》がもう始まっていて、最近ではそれが夕方の五時を町の者に教える。これがもう半月もすると昼日中から、そここの町会の音がぶつかって否応《いやおう》無く人々の気持ちを盛り上げる。小さな小競《こぜ》り合《あ》いも増えるころだ。

「暇だな……山車《だし》倉でも行ってガキでも揶揄《からか》ってくっかな」

どうにもテンションが上がらず、年甲斐《としがい》もなく龍は山車倉に行って気晴らしがしたくなった。

だが今山車倉にたむろしている中高生たちのように山車回しの先頭を切って暴れたのはもう十年以上前のことで、今となっては子どもたちを抑える方に龍は置かれていた。訳あって二十歳前からこの二階が母屋になっている小さな花屋を一人で切り盛りすることになった龍は、今では商工会の役員の一人でもある。本当は店を放って山車倉の子どもたちを揶揄う訳にもいかない。ひょいと店を空けたりしては駄目だと、手伝いに来るようになった明信《あきのぶ》に強く言われている手前もあって、その明信が来るようなこの時間にふらふら出て行くのも憚られた。

「……でも今日は来ねえかもな、朝怒らしちまったし。なあポチ」

散歩から帰ったばかりでだらしなく足元に寝ている子犬に、龍は声をかけた。拾ってから既に一年以上になるポチは実はとうに成犬で、たまたま大きくならない種類の犬だったのだが、龍は未だにそのことに気づかずいつになったら子犬ではなくなるのだろうかと柄の小ささを案じていた。

向かいの寿司屋《すし》が早い夜の暖簾《のれん》を掛けるのが見えて、もう一日が終わったような気持ちで煙草に火をつけると、ちらちらと三人組の少女が店を覗いている姿が龍の視界の端に映る。

「おい、覗いてくだけじゃなくてなんか買ってけよ」

近所の女子校の生徒たちだ。下校時間になると決まってこんな風に何人かが、花屋の店先を冷やかしに来る。一応龍は、その時々の流行の役者の名で呼ばれる女子校と商店街のお手軽なアイドルだった。

「花買ってる場合じゃないもん。色々買うものあるしさ」

だがお愛想を振り撒《ま》いても女子高生の財布の紐《ひも》は意外に堅く、彼女たちが花を買ってくれることは滅多にない。

「ねえねえ、あのかっこいい子は？　最近いないじゃん、どしたの？」

夕方の熱気が入るガラス戸をがらりと開けて、彼女たちは誰かを探して店の中を見回した。

「かっこいい子？」

商店街一の色男、を自負している龍としては自分以外の誰かがかっこいいなどという発想はなく、首を傾《かし》げて問い返す。

「川向こうの都立校の子。金髪にピアスの、ちょっと渋い感じの。辞めちゃったの？」

指で髪の感じを再現して、不満そうに一人が口を尖《とが》らせた。

「なんだ、勇太《ゆうた》のことか。勇太ならとっくに辞めちまったぞ。俺の方が全然いい男だろが」

「だって龍さんなんだかんだ言ってガード堅いんだもん。つまんない、全然相手にしてくんないし」

「オムツが取れたらかまってやってもいいけどな。おめーらみてーな乳くせーメスガキ相手にできっかっつの」

「オムツ？　乳くさい!?　サッイテーッ、あーっおやじくさ！」

「おやじで結構。とっととけーれ」

「あたしあの子といつも一緒にいる子の方が好みだな。かわいい系の、ちょっとちっちゃいかなと思ってたけど最近背も伸びていい感じになってきたし」

「勝手なことばっか言いやがって……おまえら俺の追っかけだっつってたじゃねえかよ、コラ。お嬢様方は気移りでかなわねえな」

「だってえ、ねえ？」

「花の盛りは短いのに、いつまでも望みのない追っかけなんかしてられませーん」

「だからあと十年ぐらいしたら考えてやるっつってんだろが」

「……入っても、よろしいでしょうか。お嬢様方」

だから花を買え、と続けようとした龍を待たずに、入り口を塞いでいる少女たちに途方に暮れていた青年が、意を決して声を発した。

「明……あちっ」

なんとも間の悪い台詞のところで現れた青年に狼狽《ろうばい》して、龍が短くなった煙草で軽く指を焼く。

「あ、メガネっ子ちゃんだ」

青年に帯刀《おびなた》明信、などという立派な名前があることを知ってか知らずかどうでもいいのか、見たままのあだ名で少女の一人が笑った。

「メ、メガネっ子ちゃん……？」

二十四にもなってこんな年下の少女にそんなかわいらしい名で呼ばれて、どうしていいのかわからず明信が困惑する。

「メガネっ子ちゃんにもちゃんとファンがいるから安心してね。じゃーねー」

「龍さんまたね！」

「もうくんな、ったくかしましい」

一度学校に抗議の電話を入れてやろうかとひきつりながら、それでも商売人の常で龍はつい

手を振ってしまった。

店の中に入って無言で花屋のロゴが入ったエプロンをつけ始めた明信と龍の間に、ちょっとした気まずさが漂う。

もうすっかり赤みの取れた頬をちらと見て、ばつが悪そうに明信はそっぽを向いた。

「早いな、もう学校いいのか」

「別に早くないよ。いつも通りじゃない」

素気なく答えてから、女子高生への軽口を聞かれた龍の狼狽を知って明信がようやくくすりと笑う。

「……基本がタラシなんだよね、龍ちゃんは」

気にしてないと教えて、明信はエプロンの紐をきれいに結びながら龍を振り返った。

「タラシって……そんな似合わねえ言葉でひっそり俺を責めんなよ」

「責めてないって。感心してるんだよ」

「龍さんなんだかんだ言ってガード堅いんだもん、ってとこは聞いてなかったのかよ」

「またそんな都合のいい嘘《うそ》を」

仕方ない人、という顔で一笑に付されて、恋人にとっての己の信頼度を思い知らされて龍がレジ台に沈没する。

「……信用ねえなあ……俺。ま、今までが今までだからな。しょうがねえっちゃしょうがねえけど」

信頼がないのはともかく、それでかまわないと明信が思っているのが透けて見えて、龍はやり切れない気持ちにならざるを得なかった。

「ちっとはええけど、今日は閉めちまうか。そろそろ。な？」

こんなテンションの上がらない日に店なんか開けていても仕方がない、という不真面目な気持ちに襲われ、滅多にそんなことはしないのだが早じまいをして明信と食事にでも出ようと龍が立ち上がった。

「な、って。まだ六時前だよ？」

八時になるとこの商店街は居酒屋を除いて全て明かりを落とすが、その時間までは客が来ないこともないのでいつもなら開けている。

「もー女子校のメスガキどものお陰で俺の株が下がって店なんかやってらんねーっつの」

咎《とが》める明信の視線を尻目《しりめ》に、本当にすっかりやる気がなくなって龍は外の花を片付けるためにガラス戸を大きく開けた。

「あ、龍っ、待ちなっ！　花よこせ！」

その気配を察したのか乱暴な口調乱暴な動きで、隣の揚げ物屋から古くも新しくもない嫁が駆け込んで来る。

「ただじゃやれねーなー」

「つまんないこと言ってんじゃないよ。ったくこのおっさんが。だいたいまだ六時前だってのに、あんた店閉めるつもり？」

「今日は花も少ねえし、どっかで明日法事だって話も聞いてねえしよ」

元々は同じ町内の同級生だった隣の嫁、理奈《りな》に、肩を竦めて見せて龍はバケツを置いた。

「うちはなんか誰かの命日なのよ。明日」

「誰かってなんだよ」

「知るか。年寄り多いから墓事多くてホント参るわ。しかも年寄りに併せて朝こっぱやく行くのよ。ったくなんだってああ年寄りは朝が早いのかしらね、その後入谷《いりや》の鬼子母神にお参りしたいとか言ってさあ。抹香《まっこう》臭くて死にそうよあたし！」

隣に丸聞こえだとは龍も思ったが、嫁いだ相手もそれこそ幼稚園からの同級生という昔なじみだ。嫁といっても理奈は、揚げ物屋にとって娘とほとんど変わらない存在なのだろう。何しろ彼女の実家もほんの数軒先にある。

「あらやだ明、いたのあんた。ぼさーっとしちゃって、いるんだかいないんだかさっぱりね。いつも」

一頻《ひとしき》り喋《しゃべ》ってようやく明信の存在に気づいたのか、明信の姉とも馴染《なじ》みだった理奈が大仰に目を剝《む》いた。

「こんにちは」

どうして姉の親しい友達は皆このタイプなのだろうと、すぐに理由のわかることを考えながら明信が頭を下げる。

「なんだって志麻《しま》の弟なのにそんなにおとなしいんだよ。彼女とかいんのかちゃんと。女の股見たことあっかオラ」

まどろっこしい挨拶《あいさつ》に呆れたのか理奈は早口に言って、スカートを捲《まく》って生肌の右足を蹴るようにして上げて見せた。

「理奈っ」

「理奈ちゃん……」

「なんならあたしが筆下ろしてやってもいいぞ。志麻も心配してるだろうからさ。そういやあいつまだ帰って来ないの？　どうしてんのさ」

何から答えたらいいのかわからず、不甲斐《ふがい》なくも赤くなって明信がただ首を振る。

悪いと言われることはやり尽くした志麻は、結婚詐欺《さぎ》のような真似をして長男の高校の同級生だった秀《しゅう》に家のことを預け、放浪したままもう二年近くろくに連絡がない。だからと言って何か心配する理由があるような長女ではなかったが。

「おまえもよ……いくら緊張感のねえ嫁ぎ先だからってよ、もうちょっとつつましくしろよ。つつましく。ったくエイジもよくこんな女嫁に貰《もら》ったよ」

呆れ返りながら龍が軽く花の水を切ったところに、幼稚園に上がったばかりの理奈の二番目の娘が頼りない歩みで駆けて来る。

「あらやだ、一人できちゃったの。あんた」

親指を咥《くわ》えている娘を、ひょいと理奈は抱き上げた。

「これ二番目だっけか」

「うん。こないだ三番目産んだじゃない。そしたらさ、赤ちゃん返りっていうのしちゃってさ。参ったわよ、赤ん坊が二人」

「……理奈ちゃん、子どもって結構大人の言ってることわかるから」

苦笑して、聞いている素振りもない小さな娘を見ながら明信が小声で理奈に告げる。

「そうね」と舌を出して理奈は、埋め合わせのように子どもの頭を撫《な》でた。

「一番上は来年中学か」

「そう！　聞いてよちょっと、もうさあ……最近の子はなんでも早いって言うかなんて言うかさ。びっくりしちゃったんだけど」

新聞で花を包みながら何げなく聞いた龍に、突然理奈が驚くような声を上げる。

「なんなんだよ一体」

「こないだ初潮が来たのよ。初潮が」

一応辺りを憚るように声を潜めて、理奈が男には聞き馴れない言葉を口にした。

「しょ……しょちょー!?」

「龍ちゃん声大きいよ！」

聞いていた明信は恥ずかしさにどうしていいのかわからず、声を上げた龍を思いきり咎める。

「てめんなこと人にべらべら喋んじゃねえっつの っ、かわいそうだろ！」

「同級生のあんただから言わずにはおれなかったのよ。どうよ、同級生の子どもに初潮よ？　女になっちゃったのよ？　もういつ孫ができてもおかしくないんだから。ショックでしょ」

「ショックだな……」

改めて言い立てられると本当にショックで、呆然《ぼうぜん》と龍は花を持ったまま立ち尽くした。

「まあ十八のときの子だからね、早いのはしょうがないけど。あたしちょっと老けたわよー、なんかこう。もう引退だなと思って」

「現役のつもりでいんな、おめーは」

「そんな。理奈ちゃんまだまだ全然……」

「明もフォローしてんじゃねえ。現役のつもりでいられたら亭主が気の毒だろうが。ほら、千円。小銭があんなら百円まけてやんぞ」

慌てて手を振った明信を、歯を剥いて龍が咎める。

「なによう、あたしがいつまでも美しいからエイジもよく働くのよ。……あ、あるある小銭。ちょっと持ってて」

財布をうまく開けず、理奈は抱いていた子どもを無造作に龍に預けた。

「持っててってよ……おまえはホントに」

仕方なく子どもを抱えながら、少し、龍の頰が強ばる。どうしても扱い慣れない手で背を摩りながら、尻の座りが悪くてむずかる子どもに困って龍は明信を見た。

「僕、抱こうか」

さりげなさを装って、明信が両手で子どもを受け取る。

「まゆたんの小さいころ、思い出しちゃうな。みんなで抱っこしたから抱き癖がずっと取れなくて」

早くに亡くなった両親と奔放な姉の代わりによく面倒をみた弟の話に無理に龍の気持ちを引いて、明信は子どもの背を摩った。

「泣くとつい抱いちゃうしね。でもいいんだって、いくら抱っこしても。どうせいつかは子どもの方からやだって言うんだからさ」

「そうかあ？　でも真弓《まゆみ》なんか見てると結構、大きくなっても影響あるような気がするけどな。あいつ人がいるとそっちの方に擦《す》り寄ってくみたいなとこあるだろ」

明信の言う末の弟の、子どもじみた一面を思い出して、龍は理奈の娘を眺めた。

「……うん。高校生になっても大河《たいが》兄にぺったり張りついてたときはやっぱりちょっと心配だった」

「真弓ちゃん甘えん坊だもんねえ。そっか、ちょっと考えよ。うちも」

言いながら明信から娘を受け取って、どうやら考えるとは口ばかりらしく理奈が子どもをしっかり抱える。

「龍！」

母親と妹がいない気配に気がついたのか、理奈の一番上の娘が龍を呼びながら隣から駆け込んで来た。

「この子が……」

「お、おんなに……」

まだ充分に幼い小学生のはずの娘をまともに見られずに、明信と龍が赤くなって顔を背ける。

「ママっ、龍のとこ行くならあたしが行くって言ってるでしょ？」

渋好みなのか隣の花屋のファンを名乗る小学生は、龍の腕に絡まって女っぷりを披露した。

「近づけられっか生娘を」

「あのな理奈……いい加減俺も隠居したぞ」

このままでは下がり尽くした株が暴落する一方だと、遠慮がちに龍が口を挟む。

「隠居なんてやめてよ龍！　ケダモノっぽいとこが好きなんだもーん。Cカップになったらあげるからねあたしのバージン！」

「いらねーよ!!　滅多なこと言うなこのバカ娘！」

まだ小学生なのにどういう趣味をしているのか、親をひたすら不安にさせるようなことを言ってあどけなく少女は笑った。

「全く趣味悪いんだから……あたしの娘なのにどうしてよ」

やれやれと溜息をついて、理奈が娘の腕を引く。

「はいあんた花持って。行くわよ。お父さんみたいな人見つけなさい、お父さんみたいな人」

「やだー、トドみたいなんだもんお父さん。またね、龍。明兄ちゃんもちょっとはかっこいいよ！」

一応明信にも手を振って、理奈に引きずられながら娘も隣に帰って行った。

「……ったくよ。とんでもねえな今時の娘は」

「嵐みたいだったね」

二人して笑いながら、ふっと、あまり明るくはない沈黙が花の上に降る。

不意に訪れた喧噪《けんそう》の後の静けさに惑って、何か軽口で片付けようと龍の口元が揺れたが言葉は継がれなかった。

少し間の悪い日だと、小さく、龍は息をついた。こういう日は間々ある。

――子どもだってね、できちまえば勝手に育ってくれるんだ。見てるうちにこっちだって自然と親になれるもんなんだよ。

なにもかもを見て来た金谷《かなや》の言葉も、重く耳に居残っていて。

始末できない陰りが瞬く間に足元を覆うのを、恋人にごまかすのは難しい。

それでも笑おうとしたけれど喉の奥が少し掠《かす》れて、龍はそれを声にすることができなかった。

――あんたにはいろんな人に悪いと思う気持ちがあるんだろうけど、誰もそんなこと望んじゃいないんだからね。

わかっていると昼間、龍は答えた。

「……来年は中学か。参ったな、俺もおっさんになる訳だ」

けれど、生まれなかった自分の子どもと同い年だと、思うまいとしても思い出させられる。何も与えられなかった子は、育っていればあんな風に大きくなって朗らかに笑んだのかと。

どうしようもなく落ちていく気持ちを明信が知らずにいるはずはなくて、隣でそっと、指の先を繋《つな》ぐ。

「ま、色々だな俺ぐらいの年は。ああいうのもいりゃ、俺みてえにまだガキと変わんねえのもいっぱいいるしよ。丁度境目なんだろうな」

大丈夫だと教えるように今度はちゃんと明るく、龍は笑った。

「……お店、閉めよう？　何かおいしいもの、作るから」

その強がりに頷いてやって、けれど少しだけいたわるように明信が肩を寄せる。

いたわりを素直に受け取って、龍は放し難い指を解いて外の花を中に入れた。水を撒いて、明信も慣れた閉める前の始末を手際よく終える。

シャッターを閉めてエプロンを取りながら二階の母屋に階段を上がって、明かりをつけた明信の手を龍は捕らえた。

縋りたい思いが、抑え難くなる。

「龍ちゃん……？」

振り向いて問いかけた明信の唇を唇で塞いで、龍は手を壁の上で強く握った。

「ん……っ」

不意の口づけに息を詰まらせた明信は身を捩《よじ》って、一瞬龍が手を解いてやると台所の床に座り込んでしまう。

「どうしたの……急に」

口づけにも抱擁《ほうよう》にもまだ少しも慣れようとしない明信は、赤みがかった頬を隠そうと手で髪を梳《す》く素振りで俯《うつむ》いた。

「いや、なんか」

同じ目線に屈《かが》んで、事もなげに龍がその手を取る。

「深い愛を感じてな」

わざと冗談めかして、龍は言った。

「……ふざけないでよ」

明かりの下で瞼《まぶた》に口づけると、嫌がって明信が首を振る。

そう簡単に触れさせてもらえないのはいつものことで、くすりと笑って龍は落ちたうなじに唇を押し当てて両手で明信を抱いた。

「ふざけてねえよ」

耳元に教えるとびくりと明信の肩が揺らいで、ただ抱きしめようとしただけなのに肌を合わせたい思いが龍の喉元に込み上げる。

掌で顔を上げさせてもう一度ちゃんと唇を合わせて。舌を探りながら龍は、明信のシャツの裾《すそ》から掌を肌に忍ばせようとした。

「……ん……っ、待って……お風呂、入らせてよ。汗かいたから」

何か必死で理由を探すようにして、肩を押し返しながら明信が首を振る。

「全然、汗の匂《にお》いなんかしねえよ」

「……龍ちゃん、お願いだから……っ」

うなじに唇を押し当てたまま、息を吸い込むような揶揄いを龍が見せると、明信は目の端に小さく涙を滲ませた。

そうなると龍も、溜息をついて手を放してやる他ない。

「泣くなよ」

「泣いてないよ……」

苦笑して目元に手を伸ばした龍に、明信は俯いて首を振った。

「ちょっと、揶揄っただけだ」

言いながら髪に触れて、両手を龍が明信に伸ばす。少しだけとそんな風に、龍はただ、明信を抱いた。

口づけるでもない腕に指先で触れて、そっと、明信が背を抱く。心音を探るように龍の髪をもう一方の指で抱いて、胸に呼んで明信は何度もその肌を撫でた。

「一緒にはいっか、風呂」

思い切るように胸を離れて、わざと軽薄に龍が笑う。

「……やだ」

その揶揄いに乗ってやって龍を睨むと、明信は小さな引き出しを与えられて置いてある着替えを手早く摑んで風呂に立て籠《こ》もった。

「やだってなんだよ。ガキのころはよく銭湯で一緒になったじゃねえか」

風呂の音を聞きながら肩で笑って、煙草を嚙《か》んで龍が畳に横になる。ナイターを待ってテレビをつけ、隣のトドとそう変わらない姿だと気づかないまま龍は煙を吐いた。

「……風呂入って電気消して、朝はやだ昼はやだ見ちゃやだって……」

誰も踏み入っていない雪の上を初めて歩くようなどうしようもない愉悦ももちろんあったが、何も知らなかった清潔さを汚しているという罪の意識がどうしても腹の底に触る。

まだ日が高いのにビールを出そうと、長い煙草を嚙んだまま龍は畳を立った。

台所に立つと、同じように夕飯時を迎えようとしている家々の喧噪が窓の外から漏れ聞こえて来る。

——……お店、閉めよう？　何かおいしいもの、作るから。

そんな予定ではなかったけれど、今日はきっと、迷わずに明信は泊まると言ってくれるだろう。

いつの間にか酷《ひど》く甘えている。溜息が出るほど。

右側に明信の立てる音を聞き留めながら、伸び過ぎた髪を掻き上げて龍はビールの口を開けた。


風呂だけ、と言いながら明信《あきのぶ》はなし崩しに食事の支度を始めて、結局お預けを食ったまま龍《りゅう》は夕飯を終えて風呂まで入った。

ここで布団を敷くと後はさあ、という状況になるのだが、そうまで逸《はや》るほど龍も子どもではなく、明信は無言であまり興味もないのだろうナイターの九回裏を見ている。

週に一、二回、明信はこの花屋の二階に泊まるようになっていたが、だいたい二人は特に会話もなくこうしてテレビを見ていた。日々変化のあるような生活はお互いしていないし、明信の家族の近況には龍も興味はあったがそんなに長く話していられるほど多くのことはない。勇《ゆう》太《た》と真弓《まゆみ》などは、同じ部屋で寝起きし同じ学校に通っておきながら毎日毎日楽しそうに何かしら話し続けているが、龍や明信からすると何をそんなに話すことがあるのかと聞きたいところだ。

「明」

三点を叩き込むホームランが入ってどうやら決まった試合の行方を見届け、短くなっていた煙草を龍は寝転んだまま消した。

「泊まってくのか」

「……うん」

さりげなく聞いた龍に、小さく明信が頷く。

「ほら」

もはや骨董品《こっとうひん》の部類に入る黒電話を、龍は明信の前においた。

年齢的にはどう考えても大人なのだが、明信は三つ年上の長男大河《たいが》の扶養下にあり、積み重ねて来た真面目さも手伝って無断外泊などは許されない。

二晩続けて外泊の電話をする気の重さは隠せずに、明信は重いダイヤルを回した。

「あ……大河兄？」

普段滅多に電話を取らない思いがけない人物が電話に出て、動揺を露《あらわ》に明信がうろたえる。

「ええと、どしたのこんな時間に早いじゃない。あの……僕、今日も、ちょっと」

しどろもどろになりながらそれでも外泊の旨《むね》を伝えて、明信は一瞬で疲れ果ててしまい、切った電話と一緒に畳に倒れた。

「大河、なんだって？」

電話の間に押し入れから引きずり出した布団を敷いていた龍が、あまり聞きたくはなかったが一応問う。

「……うん、好きにしろって」

明信の兄弟三人は最初から次男の花屋との交際に大反対していて、今も風当たりが良くはない。

それも自分の今までの素行を思えば、兄弟の中でも一番真面目でおとなしい明信を預けられないことなど当たり前だという自覚は龍にもあったが、龍がもっとも恐れているのは明信の姉の志麻《しま》の帰還だった。それまでの命、ぐらいに覚悟している。

「泊まるなって言わねえのか？　大河」

「さすがに駄目だとは言わなくなったんだけど、いやーな間が流れるんだよね……。黙り込んで、そうかわかった、ガチャンって。たいていこの時間は秀《しゅう》さんかまゆたんが出るのに」

今のところ龍と明信の味方と言えるのは、大河の同居中の恋人の秀と、その連れ子の勇太だけだ。

「真弓はもうＯＫなのか？」

「そうじゃないんだけど、まゆたんが一番ストレートだから楽なんだよ。泊まるの？　なにすんの？　帰って来てよ、って一通り暴れて。もういいって」

「はは、あいつらしいな。先生は……まあ二つ返事だよな。丈《じょう》は？」

「……悪いけど僕は丈が出たら話題変えて一旦切る。それで秀さんには取《と》り敢《あ》えずわかるから」

二つ下の同室の弟は、元々負け通しだった龍の気配に酷く敏感で、とても明信には説き伏せられないほど今でも猛反対を続けている。

「迎えに来そうな勢いなんだよ」

「だけど丈とは二人部屋なんだろ？　そんで結局おまえ帰って来なくて、大暴れしてんじゃねえのか？」

「明日は機嫌悪いよ」

けれど年が近いこともあって子どものころから兄弟の中でも特別に仲が良かった丈に怒ったりすることは明信には難しくて、臍《へそ》を曲げられればつい機嫌取りをしてしまう。泊まると、本当に明日が厄介だ。

「……てゆうか最近丈、ちょっと様子おかしくて。あんまり口きいてくれないんだけどね」

こうして龍との付き合いが続いているせいなのかなんなのか、あまり長く沈み込むということをしない丈の様子がおかしいことがここのところ気にかかっていて明信は、ふと弟に思いを移した。少し前に、龍が運転して家族で板室《いたむろ》に行った辺りから、丈は明信に当たりがきつい。あの時は大河と秀のことばかりが気になって、丈の目の前で気遣いなくいつも通り龍に接してしまった気がすると、後から明信は悔やんだ。多分それが、丈には少しショックだったのだ。

「丈か……そういえば今日」

軒下で見合いの話を聞いたかもしれないと、言いかけて龍が口を噤《つぐ》む。その場で断った見合いの話を明信に聞かせることはないだろうと、丈のことも一緒に龍はしまい込んだ。

「五人兄弟でも、何処と何処が特別仲がいいってのがあるんだな。おまえは丈なのか？」

話を変えて、最近気づいたことを龍が尋ねる。

「年が近いしね。まゆたんは半分志麻姉と大河兄の子どもみたいなとこあったから、僕と丈が一番普通の兄弟っぽく育ったんだと思うよ」

「おまえとのことバレたとき、ほとんど半泣きだったな。そういえばあいつ」

体の大きさにまるで見合わない動揺を見せたきりほとんど自分と口をきこうとしない丈を思うと、大事な兄を取り上げたかのような罪悪感がまた龍の手元に増えた。

「でも今日は……泊まる」

溜息をついた龍に笑って、静かに明信が告げる。

嘘でも帰っていいよと言ってやれず、龍は湿った髪を掻き上げた。

テレビを消すと、隙間《すきま》なく建てられている近隣の家庭の音が、否応無く網戸から届いた。一人でこの音を聞いたかもしれない今夜の龍を、明信は想像してしまう。それだけでなくずっと長いこと、耐え難い後悔に眠れない晩にも独りでいた、龍のことを。

そしてその想像は、いたわりのように龍に伝わった。

「……明」

しようかどうしようか迷っていた話を、龍は喉元で迷わせた。

ここのところ何度も、それを龍は明信に言いかけてはやめている。言うべきでないと、龍の袖《そで》をどうしても引くものがあった。

けれどお互い、少なくとも自分はもういい大人で、いつまでもこんな半端な関係のままでいて明信に家族に対して気まずい思いをさせているのも良くないと、唇が迷う。それでも過ぎた言葉を口にしては、取り返しのつかないこともあるような気がしてどうしても言えなかった。

だがそれが負えないと、思うから言えないのではない。

「……あとどんぐらい学校行くんだおまえ。ずっと学校残んのか」

結局は喉に留まった言葉を告げずに、龍は呼びかけた声が孕《はら》んでいたものと違う話をした。

「うん、できれば。でも院が終わったら学生じゃなくなるから、一応多少はお金のかからない身になれるんだけど。だけど大学に残れても、自活しようと思ったら何かほかにバイトしないとね」

いつまでも学校に残るとはなんとなく言いづらくて、明信がはっきりしない声で答える。

「そうか」

頷いて、話を終わらせるように龍は布団の上に肘をついて横になった。

「……こっち、こいよ明」

互いに距離を計りかねる間が降りて、空いた隣を掌で叩いて動かない明信を呼び寄せる。

何か仕舞われた話があったことに、漠然と明信も気づいた。喉元で止められた話を明信は追ったりはしないけれど、龍が、何か堪えているのではないかと気にかかる。

「こいって」

ぼんやりとまだ続きを待つ明信を、もう一度龍は呼んだ。

「……電気消して」

手首を取って引いた龍の胸に落ちて、煌々《こうこう》と明るい照明を明信が咎める。

「なんで。いいだろたまには」

結局は消させられることはわかっていたのだけれど、少し焦《じ》らして龍は明信の髪を梳いた。

「やだよ……」

身を捩った明信の浮いた肩を捉《とら》えて、胸の下に引き入れる。俯こうとしたそのうなじに口づけて、シャツの下に龍は厚い掌を忍ばせた。

「やだってば……っ」

あまり律義に抵抗されて、つい龍もむきになる。そんなことを明信が言わないことはわかっていたけれど一度ぐらい求める言葉が聞きたくて、ほんの少しの無理を、龍は強いた。

「ん……っ」

明るい蛍光灯の下で、深く、口づけて肌を探る。大きな手で後ろ首を抱いてしまうと、身動きができずに明信は龍の広い肩を掻いた。

「ん……龍ちゃん……っ」

身を捩って咎めた明信の様子が、何か見慣れないことにふと龍が気づく。

それも随分と、慣れない違和感だ。手を止めてじっとその横顔を眺めて、龍はようやく、明信の目元が前髪に隠れていることに気がついた。

「……髪伸び過ぎだぞ、明」

「え……？」

急に腕を解かれて丸きり状況にそぐわないことを言われて、戸惑って明信がその髪を梳く。

「ちゃんと床屋行って散髪して来い、明日遅れてもいいから」

「でも……伸ばしてるんだけど」

「は？」

思いもかけなかった答えに驚いて、龍は体を浮かせて明信の中途半端な長さの似合わない髪を眺めた。

「よせよせ、なんでだよ。おまえガキのころからずーっとおんなじ頭だったじゃねえか、のび太みてえな」

「のび太って……」

実はそんなあだ名で呼ばれたこともある明信が口を尖らせて、いつの間にか外されていた眼鏡に手を伸ばす。

「さっぱりして来いよ、夏だし。なんなら俺が切ってやんぞ」

「だって」

自分でも不慣れな長い前髪が似合うと思っている訳ではないのだが、短くしている方が好きなのに切らないにはそれなりの訳があって、明信は口ごもった。

「なんだよ」

「こういうこと……するとき、眼鏡取るじゃない」

「してたら危ねえだろ」

「なんか一枚盾がなくなったみたいで、恥ずかしくって」

「……そんで?」

「だから」

「おまえ……」

少し赤くなった明信が髪で顔を隠したいのだとようやく気づいて、龍は呆然と溜息をついた。

「そんなに見られんのやなのか」

「だって」

それを叱る兄がいないので心置きなく『だって』を連発して、何故《なぜ》そんな話になったのかと眉間《みけん》を寄せながら明信が肩を浮かせる。

龍の厚い胸の下から逃れて、少し距離をおいて明信は言葉を探した。

「龍ちゃんは……やじゃない？　僕、こんな」

けれど前から不安に思っていたことを今日こそは聞こうと、恥ずかしくて死にそうだったが明信が意を決する。

「……え？」

何を問われたのか、龍にはすぐにはわからなかった。

「いやにならない？　だって、変だよね。僕」

「何が」

「だから」

続けようとして言えずに、耳まで赤くなって明信が完全に顔を隠す。

そうして、ようやく明信が何を言いたいのか悟って、その未成熟さに龍はさらに心から呆然とした。

「……おまえ、ＡＶとか見たことねえの？」

「あれは女の人じゃない」

「そうだけどよ。変じゃないのかって……変にならないでいられた方が俺は恐ろしいんですけど」

しかし考えてみればろくに女も知らない晩生《おくて》の明信にとっては死にたいほどの醜態なのかもしれないと、龍もその羞恥《しゅうち》はなんとか理解する。

「いつもかわいいいぞ、恐ろしいことに」

「そんなこと聞いてないよ！」

「じゃあどんなこと聞いてんだよっ。やだったらこんな何遍もやるかよ！」

錯乱した明信に枕を投げつけられて、自分も気軽に言えた『かわいい』ではなかったので大人げなくも龍は逆上した。

「やじゃないなら……いい」

「一応言っとくけどな、別に全然変じゃねえよ。おまえ。何と比べてんだよ」

「比べるものなんて何も……だいたいうちでどうやってAV見るの。あんなにいつも人がいて」

自分が始めた話だけれど早々に終わらせたくて、早口に言って明信が枕を拾う。

「……じゃ真面目な話見たことねえんだな」

それはそれで衝撃的な告白で、本当に純真無垢《むく》なものを自分が最初に手をかけたのだと龍は思い知らされた。

「だけどよ、まあ志麻はともかく野郎四人兄弟だろ？　もっと明けっ広げなもんじゃねえのか？　飛ばしっことかするんだろ？」

「……それ、龍ちゃんの中の男兄弟像なの？」

考えたこともないことを当然のように想像する龍に呆れて、明信が前髪を上げる。

「だっておまえそのくらい明けっ広げじゃねえと、色々よ、思春期のころには大変なこともあったただろ。うちは逆に女しかいねえからまた大変だったけどよ、男ばっかかっつうのも」

いつの間にかしっかり起き上がって胡座《あぐら》をかき、興味が湧いて龍は身を乗り出して聞いた。

「なあ」

「そりゃ、僕だって最初に……その……なんか……」

特にそんな話はしたくなかったがあまりに龍が興味深そうにするので仕方なく、明信が帯刀《おびなた》家の性的事情を思い返す。

「変だなって思ったときは」

「思ったときは？」

濁して言った明信に続きを急いて、龍は煙草に手を伸ばした。

「大河兄に相談したけど」

遠いその日のことを思い出して、まだ学生服だった兄の姿を明信が思い返す。

「へえ。……大河も気の毒に」

「でも大河兄生真面目だから、こう、本とか用意して準備してたみたいで。一通り説明して、僕の両肩摑んで」

中途半端に乱れた着衣を隠すために立てた膝に夏掛けを被《かぶ》って、明信は肩を摑む仕草を龍に再現して見せた。

「『わかったか。病気じゃないんだ、全然恥ずかしいことじゃないんだ。普通のことなんだぞ』ってすごい真顔で言うから僕」

その時の兄の真剣さと誠意を思えば笑ってはいけないと明信も龍も堪えて、二人とも微妙に頰が膨《ふく》らむ。

「逆に恥ずかしくなっちゃって」

「おもしれー男だなー、あいつは」

いかにもな大河の話に笑って、龍は煙が染みた目元を拭った。

「女と見ればむらむらしてもそれが普通なんだって言って。え、僕あんまり……って言ったら、そうか、個人差だ個人差。こういうことには個人差がっ、とか慌てて。むらむらしなくても大丈夫だ安心しろって」

「そんでおまえはそのまま来ちまった訳なのか」

「……うーん、あんまり、僕」

言いよどんで、ちらと、明信が龍を見る。

「やっぱりどう考えても淡泊な方みたいで」

　恋人を前にそれを言うのは憚られたが成り行きから違うとも言えず、正直なところを明信は告白した。

「丈はでも動物の血が濃いみたいだから、家庭内事故起こしてたけどね。たまに」

　がっくりと頭を落とした龍に慌てて、執り成しにもならない話を明信が聞かせる。

「一度夜中に目が覚めていないから、どうしたんだろうって探しに行って。そしたら居間のビデオでこっそりエッチなビデオ見ようとしてたみたいで……」

「なんでそっとしといてやんねんだよおまえはっ！」

「具合でも悪いのかと思ったんだよ……だけどあんまり丈が慌てたから急に引き抜かれたテープがデッキに絡んで、電器屋さん笑いながら直してったけど。もう、丈は」

「いくつぐれえのときだよ」

「丈が中学生で、僕が高校生かな。もう僕より丈の方が全然大きかったけど」

「関係あるか……ホント気の毒な話だな」

「丈はああ見えてもそういうとこ繊細《せんさい》だから、落ち込んじゃって。しばらく目も合わせてくれなくて。辛かったな」

「……ぜってえ丈の方が辛かったぞそりゃ」

溜息をついた清純な兄を弟の代わりに責めて、思春期の少年の心を思いやって龍は大きく首を振った。

「まあでも、兄弟が四人も一軒家に住んでたらそういう家庭内事故は勃発《ぼっぱつ》すんだろうな。おまえ一人でも淡泊で良かったんじゃないのか」

言いながら、一見そういったことに疎そうな末っ子を思い出し、こうなったら全員の話を聞いてみたくなって龍が問う。

「真弓は？」

「まゆたんは恥じらうことがないから」

問われる前から明信も思い返していて、名前が出た途端に堪え切れない思い出し笑いを漏らした。

「『今日保健の授業でねー』って、夕飯のときにいきなり話し始めて。『真弓はまだなんないけどいつなんの？　いついつ？』って明るく聞かれて、僕たち死にそうになったよ。飯台に突っ伏したもん」

「ははははっ、そんで大河どうしたんだ。その場で性教育したのか」

「まゆたん全然第二次性徴見えなくて、心配してたとこだったから。大河兄すごい真顔で、『いつなんだろうな……』って」

「くくっ……余計な心配なんだよそんなの」

「後になってみればそうだけど、その時は結構本気で不安だったんだよ。まゆたんいっつも達《たつ》坊といて、達坊は結構早かったから。声変わりとか色々。つい比べちゃって……」

当時ごく普通の成長を見せていた魚屋の跡取り息子と並ぶと真弓はまるで小学生で、家族の不安は一入《ひとしお》だった。

「一度大河兄、藪《やぶ》先生に相談しちゃって。よその子どもと比べんじゃねえバカヤロウって、殴り飛ばされてた。落ち込んでたよ、その通りだよなとか言って」

「……あいつも大変な青春を送ってきたんだな、思えば。いやはや大河は偉かったよ」

弟たちにとって大河は、やはり兄というよりも良くも悪くも父のような存在なのだと思い知って、その苦労に龍が感嘆する。大事に育てた弟の一人を掠め取ったような後ろめたさも、自然と龍を責め咎めた。

「うん。本当に大河兄には、感謝してる」

「なんか……気ぃ殺《そ》がれたな。今日はやめとくか」

煙草を始末し、明かりを小さくして、龍がばったりと布団に仰向けになる。

隣で夏掛けを羽織っている明信が明らかにほっとしたような息を漏らしたのを聞き留めて、龍は複雑な気持ちでその手を引いた。

「……やなのかおまえ、もしかしていつも」

そんな無理強いをして来たのかと俄《にわか》に不安になって、責めるようにではなく龍が問う。

「そんな……ことないけど」

さりとて大歓迎という訳でもない明信は、何と言ったらいいのかわからないまま龍の胸に添わされて横たわった。

「でも僕……」

心音を探るように目を伏せて、そっと、明信が龍の指先を求める。

「こんな風にしてるだけでも……充分、安心するから」

遠慮がちに自分から手を繋いで、本当にそれで安心してしまったかのように明信は目を閉じた。

「おいおい、明信くん、ちょっと」

まさかそんな一瞬で寝てしまったのかとその健やかな寝息に驚愕《きょうがく》して、慌てて龍が明信の顔を覗き込む。

「冗談だろ、おい。俺最近かなーりいい子にしてるから、おまえが相手にしてくれないととーてーもーたまるんですけど」

だいたいこっちは安心することだけが目的な訳もないのにと、もう聞いてもらえない恨み言を虚《むな》しく龍は呟いた。

「青春を思い出してマスでもかいてみっかな」

「……ホントにいい子にしてるんだ、龍ちゃん」

独りごちた龍に、くすりと笑って明信が伏せていた瞼をあげる。

「タヌキかよ、おまえ」

「起きてるよ、ちゃんと」

明信からすれば精一杯遠回しに、だからかまわないと、そんな風に龍を見上げた。

昨日遅かったのに朝早く出て行った明信の目が、眠そうに潤んでいることに龍が気づく。

「そんなに、弱って見えっか？　俺」

「……え？」

「おまえは……どうしたいんだ？」

困ったように自分を見ている明信が、何も答えられないと半ばわかっていて、低く、龍は問いかけた。

「僕は……」

「……いいよ、疲れてんだろ。寝ちまえ」

俯いた明信の赤い目を大きな掌で覆って、龍は肩に抱き寄せる。聞き慣れた竜頭町の夜の音を耳に留めながら、寝かしつけるように龍は明信の髪を撫でた。

「……龍ちゃん、女の人にもこんなにやさしかったの？」

ふと、掌の下で明信は、掠れた声でそんなことを聞いた。

「そんなやさしくねえだろ。おまえにだって」

「そうかな。なんか……」

何か不安に陰るように声が、頼りなく細る。

「龍ちゃん、変わったみたいな気がする」

あたたかい手に瞼を抱かれて眠気に足を取られたのか、譫言《うわごと》のように明信は呟いた。

「どうして僕に……そんなに気を遣うの？　悪いこと、してるみたいに」

消え入るような問いが、眠りに連れて行かれる。

「……悪いこと、か」

苦笑して、龍はどれだけ一人で眺めたかわからない天井の模様を見上げた。

滅多に通らない車の明かりが差し込んで、ほんの一瞬だけ部屋が明るくなる。そういう風向きなのか、道一本隔てたところにある銭湯の湯を流す音が聞こえてきた。騒ぐ子どもの声も、今夜はよく響く。今ではどの家にも家風呂があったが、親戚《しんせき》が集まる休日や祭りの日には、子どもたちにまとめて風呂を使わせてしまおうと銭湯に行く家庭が多い。

脱衣所で騒いで転んだのか、それとも喧嘩でもしたのか、子どもの泣き声が不意にサイレンのように夜を騒がせた。

「……大変だな」

叱りつける大人の声の方が大きいのがおかしくて、独りごちて龍は笑った。

少し蒸し暑い夜の音は、ずっと一人で聞いていたものとまるで違うように龍の耳に届く。

けれど目を伏せると陽が弾けるように笑んだ隣の娘の顔が、どうしても浮かんで龍の胸を騒がせた。

それを知るかのように明信の手が、心細いものを探すように龍の胸をしっかりと掴む。

「明……」

白い額に、口づけて龍はその髪を抱いた。

――またおまえが一人で泣くなら……。

縋《すが》ってばかりいる。

――いつまでも……何もできねえとか言ってらんねえかって、思ってよ。

あんな風に言って手を取って、大切なことを約束したはずなのに。

言えない言葉が、喉元で疼《うず》く。けれど恋人が眠っていてもそれを声にはできずに、龍は静かに目を閉じた。


この温暖化の進む東京で今も自然の風を求める帯刀《おびなた》家の居間に、救いの風鈴が涼しげな音を立てる。仕事が立て込んで夜遅くまで帰らない勇太《ゆうた》を除く全員が、生活がバラバラなせいで他《よ》所《そ》の家より多分少し遅い夕飯を囲んでいた。

次男が二日続けて外泊したせいで、長男の大河《たいが》と三男の丈《じょう》は惜し気ない不機嫌さで食卓を澱《よど》ませている。特に丈は陽気で考えなしの性質に似合わない根の暗い空気を発して、無言で背を丸めていた。

「あれ、これ誰作ったの?」

そんな空気を物ともしない末弟真弓《まゆみ》が、最近食べていなかった懐かしい味付けの唐揚げを噛《か》んで声を上げた。

「あ、バレちゃった。僕が作ったんだよ、それだけ」

三十分で仕上がるいつもの散髪を近所の床屋で終え今日は早めにと真っすぐ帰って来た明信《あきのぶ》が、久しぶりに家で作った御菜なので照れ臭く苦笑する。

「よくわかるね、真弓ちゃん」

「うん、あのねえ、秀《しゅう》は塩味派で明ちゃんは醬油《しょうゆ》味派なの。うちずっと醬油味の唐揚げだったじゃん? それ立田揚げって言うんだよって、こないだお肉屋さんが言ってた。ちなみに真弓はどっちも大好き」

大河の二杯目の膳《ぜん》をよそいながら感心した秀に、真弓は少し得意げに最近仕入れた知識を披露した。

解説に感想まで付いたのは、余計な不安を秀に与えない配慮だった。つい先日卵焼きの味付けを巡って秀と大河が大揉《おおも》めに揉めたばかりだったので。

「おまえ皿くらいしか洗わねえくせに、味がどうしたこしたって細かいぞ」

　その末弟のストレートさに、いらぬ気遣いで二年出し巻について言及せず揉め事の原因を作ったことを長男は思い出さない訳にもいかず、大人げなくも八つ当たりをしてみせた。

「……じゅ、受験生だもん。受験終わったらもっとおうちのことするよ」

　目玉焼き一つ満足に作れないくせに、夕飯の御菜についてもっとも小うるさいのが自分だという自覚はあって、不意にばつが悪くなって真弓が肩を窄《すぼ》める。

「いいんだよ、まだ高校生なんだから。学生の本分に努めてください」

「そんな甘やかし方があるか」

　にこにこと呑気《のんき》なことを言った恋人に小言を言って、それだけでは止《や》まず大河が秀を振り返った。

「だいたいそれを言うならおまえの本分はなんなんだよ。茶巾寿司《ちゃきんずし》を縛ることか？　インゲンの肉巻きを揚げることとか？　サラダ巻きを巻くことなのか⁉　夕飯デリバリーしても俺は原稿ちゃんと書いてもらいてーよ」

「……いくら締め切り過ぎてるからって、夕飯時にそんなこと言い出すことないじゃない」

　高校の同級生であり恋人同士であり、さらには人気ＳＦ作家とその担当編集という複雑な関係の大河と秀は、些細《ささい》な切っ掛けを得て時と場合など全く無関係に締め切り前恒例の痴話喧嘩《ちわげんか》を始めた。普段は付き合いの長さを見せつけるかのように仲の良い二人だが、この時期は険悪の限りを極めて家族をいつもうんざりさせる。

と言うより、家中を巻き込んだ大喧嘩の後に、よくもまたそのネタで揉められるものだと家族は呆《あき》れ果てた。

「過ぎてるとかサラッと言うなサラッと。何日過ぎてっと思ってんだよ、こんなご丁寧な五目飯作ってる場合か!?」

「た……大河兄、だから今日は僕が手伝った訳で。なんなら明日から今のお仕事終わるまで僕が台所するよ。ね、秀さん」

真弓などはそしらぬ顔でここぞとばかりに唐揚げを頬張《ほおば》っているが、先日の二人の揉め事がトラウマになっている明信は、ほっといたもん勝ちという鉄則を忘れて口を挟んでしまった。

「……やだ」

「……秀さん?」

提案に、俯《うつむ》いたまま全く大人げのない声を秀が返す。

戸惑って、明信は秀の顔を覗《のぞ》き込んだ。

「なんでだよ、そうしてもらえ。メシ作ってる場合かっつの！　そんな暇あったら一行でも一文字でも書きやがれっ」

「やだ！　一見ただご飯作ってると大河は思ってるのかもしれないけど、お米といだりお野菜炊いたりしながら話の先を考えてるんだよ僕は。ワープロに向かってる時だけが仕事してる時間じゃないんだから！　ぼうっとしてるときだって本当は仕事してるんだよっ。二十四時間、三百六十五日仕事してるの!!」

「おまえよくもそんな……っ」

習慣化した家事を秀がサボりの言い訳にしているのは明らかなのに、もっともらしいような言い返しをされて大河が奥歯をぎりぎり言わせる。

「じゃあ、今日お庭でざぶざぶバースのこと洗ってたときもお仕事中だったんだね。ドラえもんの歌歌いながらSFのストーリー考えてたんだ。ふーん」

しかし絶対に嘘《うそ》だと言い切る訳にもいかない兄の立場を見かねて、みそ汁まで飲み上げた真弓が大河の擁護《ようご》に回った。

「そ……それは……っ」

思わぬところから思わぬことをばらされて、ぐっと詰まって秀がうろたえる。

「おまえ今日は一日ワープロの前で唸《うな》ったのに進まなかったって、もっともらしく零《こぼ》してたよな。さっき」

「ひどいよ真弓ちゃん……」

「だってバース嫌がってたもん。秀の逃避に付き合わされてかわいそうだったんだもん」

涙目になった秀にさすがに悪いことをした気になって、縁側のバースに密告の罪を真弓は押し付けた。

「逃避ならバース洗ったりしないでさ、なんかすっごい手のかかったご飯作ってみるとか。びーふすとろがのふ、とか食べてみたいな！」

「真弓！」

調子よく自分の欲望を主張した真弓を叱《しか》って、大河が軽く飯台を叩《たた》く。

「……この立田揚げも充分おいしーでーす。てゆうか明ちゃん、お料理前より上手になったよね。元々おいしかったけどさ、もっとおいしくなった」

舌を出して大河の怒気を躱《かわ》しながら、まだ唐揚げを口に詰め込んで真弓は本題に戻った。

「やっぱり龍《りゅう》兄のとこで沢山作ってるの？」

「……ごほ……っ」

それが本題だったことに気づかなかった明信が、口に含んだお茶に噎《む》せて咳《せ》き込みながら背を丸める。

「二日も帰ってこなかったよね。そういうの半同棲《どうせい》って言わない？　良くないよ明ちゃん」

「おまえには食卓でできねえ会話とか存在しねえのか……？」

みんな胸には引っかけまくっているがあまり触れないようにしている明信と龍のことを平気で口にする真弓に、呆然《ぼうぜん》として大河は目を瞠《みは》った。

「なんでー、大河兄が胸に溜めて鬱屈《うっくつ》してることぜーんぶ真弓が言ってあげてんだよ？　そんで苛々《いらいら》して秀に当たってんじゃん。だったらちゃんと明ちゃんに怒ってるよって言ったらいいじゃんかー」

そもそもそういう白々しい空気が嫌いな真弓は、大河の言葉に憤慨して頰を膨《ふく》らませた。

「丈兄もさー、そんな怒りのオーラ発しながら無口にご飯食べてないでさー。明ちゃんにちゃんとおうち帰って来てって言いなよ」

そしてもっとも鬱陶しい空気を漂わせたままずっと無言の丈を指さして、いい加減にしろと真弓が小振りの歯を剝《む》く。

「……おまえはどうなんだ。どう思ってんだよ」

いつの間に真弓は明信の味方になってしまったのかと訝《いぶか》って、高校三年生の弟に真顔で大河は意見を求めた。

「ちょっと……大河兄」

いくら何でも自分の目の前でそんなことが議論されるのは堪らないと、慌てて明信が止めに入る。

「真弓はねー」

しかしこんなとき明信の言い分を聞いてくれるような家族ではなく、呟《つぶや》きを全く無視して真弓は自分の考えを述べるべく口を開いた。

「あのタラシの龍兄が一応浮気してないみたいだしさ」

「タラシとか言うなおまえ……。なんでそんなことわかるんだよ、浮気してないって」

もっと昔の龍の浮名の数々を知っている大河は、断言する真弓には眉間《みけん》を寄せる他ない。

「こないだ三日ぐらいストーカーしてみた。真面目《まじめ》に働いてたよ。女の人なんておばあちゃんとかしか会わないし」

「受験勉強ちゃんとやってんのかおまえ!?」

「単語帳めくりながら追っかけたもん。最後見つかっちゃったけどさ。餡蜜奢《あんみつおご》ってもらっちゃった、えへ」

「買収されたって訳か……」

そんな話が当てになるかと、いつの間にか秀が足してくれた茶を掴《つか》んで不機嫌を露《あらわ》にした口元に大河はそれを運んだ。

「そうじゃないけど、勇太にも明ちゃんの味方してやれって言われてるし」

最初は無闇に心配したが想像より龍はずっと誠実のようだし、だとしたらいつまでも理不尽に反対していられるような真弓でもない。

「それに……明ちゃんが幸せならいいかなーって思うんだけど」

少し小声になって、言いよどみながら真弓はちらと、まだ少し自分より高いところにある明信の顔を見上げた。

「……どうなのかな?」

そこのところは明信にはっきり答えを聞かないうちは安堵《あんど》できないと、遠慮がちに問う。同じ兄弟だが明信の感情表現の控え目さは真弓や他の兄弟にも理解し難くて、見ているだけではわかりにくいことも多い。

「し……」

幸せだよ、と言おうとしたが、普通に常識ある青年の明信には家族の前でそんなことを言うのはただ恥ずかしくて、一文字しか言えず赤くなって俯いた。

「どうなんだ、明信」

「どうなんだって……ちょっと大河、そんなこと気軽に。ねえ？　明ちゃん」

傍でおろおろと聞いていた秀だけがそのまともな感性を汲《く》んでやって、顔を上げられない明信の肩を摩《さす》ってやる。

「龍兄やさしいの？　ねえねえ明ちゃん。どうなの？」

「やさ……」

にじり寄って顔を覗き込んで来た真弓にやさしいよと言おうとして、昨日の晩の龍を思い出して明信は耳まで赤くなってしまった。

「……言えないくらいやさしいみたいよ、大河兄」

「見ない……俺は見ねえぞ」

すぐ下の弟のそんな姿を見るのは耐え難くて、急須の茶を空になった茶碗《ちゃわん》に注いで大河が目を背ける。

言えないけれど、多分誰が知っている彼よりも、自分に触れてくる龍はやさしいのかもしれないと、明信は思った。日に日に、不思議なほど龍はやさしくなっていく。それを明信は皆に教えなくてはと思ったけれど、胸に思うと、何故《なぜ》だか喜びのようなものよりも不安めいた気持ちに喉《のど》を塞《ふさ》がれた。

「……ったく。そんな男だったかよ、あの龍兄が」

さらしを巻いた志麻《しま》と暴れまわっていた、いつも何処《どこ》かに血が飛んでいるような龍の記憶がそう古くない大河には、その幼なじみが弟にやさしく接する姿など想像もつかない。

「どうしようもねえな、っとによー」

あの龍が、明信にそんな顔をさせるなら、手立てはなくもう二人の好きなようにさせるしかないのかと半ばあきらめながら、それでもどうしても思い切れず大河は深々と溜息《ためいき》をついた。

「……何がどうしようもねえんだよ」

不意に、ずっと押し黙っていた丈が、ここ数日聞かれなかった声を飯台に落とす。

「丈?」

「何……まゆたんも兄貴も認めるみたいなこと言ってんだよ！」

「俺は言ってねえぞそんなこと」

「オレはっ、オレは死んでも絶対なにがなんでもこんなの認めねえからな‼」

「いつまでもそんなこと言ってたってしょうがないじゃん……丈兄」

強情な丈のストレートな言葉を咎《とが》めて、真弓は小さく肩を竦《すく》めた。

「しょうがなくなんかねえ！　何が浮気しねえだよ。昨日……昨日金谷《かなや》のおばちゃんが見合い写真持って来てたぞ！　オレ見たぞ!?」

兄弟たちが強く同意してくれないことに焦《じ》れて、丈が言わずにいたことを口にする。

「そりゃあな……龍兄も適齢期だし、この辺見合い婆多いからな」

「勇太がバイトに行ってたときもしょっちゅう来てたよ、トップブリーダーのおばちゃんたちが。いい子が生まれるわよーって」

何をいまさらと大河と真弓は、キョトンとして丈の話に乗ってやらなかった。

「断ったんでしょう？　龍さん」

「い……いいやっ」

苦笑した秀にわかっているというように問われて、引っ込みがつかず丈がつかなくてもいい嘘を思いきりついてしまう。

「見合いする気になってたよ、龍兄」

何を言ってるのかと自分でも訝りながら、止まらずに丈は口元を拭《ぬぐ》った。

「女子校に通ってた薬局の娘で、龍兄のこと好きだって。写真見て、龍兄もその気に……なってたよっ」

本当は見もしないで返したところをしっかりと丈は見ていたのだけれど、それを思い出すと余計に口惜《くや》しくてまるで反対のことが口から勝手に出て行く。

「まさか……」

「嘘でしょ？　だって明ちゃんいるのに、そんなの」

俄《にわか》に信じるのも憚《はばか》られて、丈を責めるように大河と真弓は聞いた。

「そろそろ……所帯持たなきゃだめだって、おばちゃんに言われて。そうしなきゃって思ったんだきっと。明ちゃん駄目だよ。龍兄といたって、明ちゃん幸せになんかなんねえよ」

言いながら丈には、何が嘘でどれが嘘じゃないのかわからなくなる。ただ明信が龍には幸せにしてはもらえないということだけが、丈が強固に信じている本当で。

「明ちゃん……」

黙って丈の言葉を聞いている明信を、心配げに秀が、遠慮がちに呼んだ。

「……そっか。やっとそういう気持ちになったんだ、龍ちゃん」

ぼんやりと、何故だか咎めるようにではなく明信が呟く。

「そっかって、おまえ」

「いいんだ、みんなも怒らないで。あんなにみんなのこと騒がせて本当に申し訳ないけど、僕」

身を乗り出した大河に首を振って、似合わない、やけにはっきりした声を明信は聞かせた。

「もし龍ちゃんがお嫁さん欲しくなったら、そのときまでのことって……決めてたんだ。龍ちゃんとのことは」

「何それ……」

信じられないことを言った明信を呆然と見つめて、責めるように真弓が問う。

「色々、心配かけてごめんなさい。……僕、お風呂みてくるね。ごちそうさま」

言葉もない家族を置いて食べ終えた食器を運んで、明信は廊下に消えた。

「……明ちゃん……」

自分の嘘で思いがけない言葉を呼んでしまった丈は、どうしていいのかわからずに立ち尽くしている。

「ちゃぶ台、壊してもいいよ大河」

固まっている恋人に、掌《てのひら》で秀が飯台を指した。

「ちゃぶ台壊してる場合じゃねえ……死に水取ってもらうことになるかもな。相手は龍兄だし」

「取るけど、最低相打ちにしてね」

「……ゆっるせないっ、龍兄!!」

大河の代わりに真弓が、両手をちゃぶ台に叩きつけて地響きを聞かせる。

不穏な帯刀家の猛《たけ》りを知ってか知らずか、嵐の前のように竜頭《りゅうず》町の夜は静まり返った。

朝の仕入れを終え、まだ通学や通勤の人気もないシャッターの前に立って、欠伸《あくび》をしながら龍《りゅう》は伸びをした。こんな時間から動いているのは、魚屋精肉店八百屋と、市場関係の店だけだ。

今日は疲れているので開店時間まで一眠りするかと、荷を移し終えて龍はシャッターを閉めようと手を掛けた。

「……ちょお待てや、だから誤解やて。俺の話聞けいうてるやろが!!」

しかしまだ登校には早すぎるよく知った関西弁が、左の角を曲がってくる。

「なんだ……朝っぱらから痴話喧嘩か？　往来で」

ずかずかと歩いてくる真弓《まゆみ》を必死に追いかけてくる勇太《ゆうた》の情けない姿に笑って、見物を決め込もうかと龍は煙草《たばこ》を取り出した。

しかし真弓の喧嘩相手はどうやら勇太ではないらしく、しかもよく見るとパジャマ姿のままの真弓は真っすぐ龍に向かってくる。

「龍兄、火、貸してくれる!?」

「貸すな龍!!」

丁度煙草に火をつけようと思っていた龍は勇太の制止を聞く前にうっかりライターを渡してしまいそうになったが、真弓の手に摑まれているものに気づいて慌ててその手を引っ込めた。

「な……なんなんだよ真弓それっ」

「これ？」

指さされて真弓が、やけに据わった目で油臭い瓶《びん》を高く掲げる。

「昨日ケンちゃんち行って、インターネットってゆうの見せてもらって調べたの。作り方」

「……火炎瓶やろ？　それ。なあ、火炎瓶なんやろ!?」

恐ろしくて指摘したくなかったが、放っておく訳にも行かず戦慄《わなな》く指で勇太は瓶を指した。

「だからなに」

「マンガや映画とはちゃうんやぞ」

「わかってるよ。だけど俺暴力とか得意じゃないんだもん！」

「わかってへんっ、全然わかってへん！」

「な……何があったんだよ!?」

その火炎瓶が自分のために制作されたものだとは未だ気づかず、誰に対するなんの報復なのかと龍が問う。

「何があったって言った？　今。何が……っ」

「やめろてっ、落ち着けゆうとるんがわからへんのか！　頼むわほんま!!」

他人事《ひとごと》のようなことを言う龍にその場で瓶を投げつけそうになった真弓を必死に取り押さえて、勇太はパジャマにサンダルのまま説得を試みた。

「一体……ああ大河《たいが》、いいとこに……来……」

もはや正気とは思えぬ目の真弓に困惑し切った龍の視界に、大河が歩いてくるのが映る。

「早かったな、真弓」

だが頼りの大河も、何処かただならない空気を漂わせていた。

「遅いよ大河兄、仕留めちゃうよ真弓が」

「骨董屋《こっとうや》の親父起こすのに手間取った」

言いながら、背に隠していた長物を、これは任侠《にんきょう》映画の夢なのかと一瞬龍に思わせる手つきの良さで大河がすらりと引き抜く。

「情けねえけど、素手じゃとても勝てそうもねえからな」

「ちょっと待てっ、ちょっと待て大河……っ」

真顔で白刃を向けて来た大河に、やはり悪い夢なのかと惑いながら龍は両手でその刃を押さえた。

「明信《あきのぶ》がおたふくで寝込んだのは、小学校三年生になる春先だった」

「なんの話だ一体!?」

「それ以来、親父とお袋が死んでから一度も休まねえで……一度もだぞ。あいつは頑丈でもな

かったのによ。風邪ひいても無理して一人で治して、家の中のこと文句も言わずにしてくれて。俺はなあ、龍兄。龍兄が明信のこと弄《もてあそ》んだっつうんだったら」

「だからなんの……っ」

「人殺しになるぐれえなんでもねえからな!!」

完全に理性の飛んだ目で、白刃とともに大河が龍に詰め寄る。

「大河兄かっこいい……」

「俺……おまえと付き合うとんの、ほんまおそろしなってきた」

いつか自分も些細な誤解が原因で仕留められる日が来ないとも限らないと、ゾッとして勇太は尋常とはとても言えない朝の景色を眺めた。

「……ちゅうか大河！　聞けてほんまに!!　なんでそんな話になっとんのか知らんけど、龍は見合いなんか写真も見んで断ったで。ほんまや！」

ぼっと見ていては本当に龍が殺されてしまうとハッとして、入りたくなかったが二人の間に入って勇太は大河を止めた。

「だけど丈《じょう》が……っ」

「俺そんとき店におって聞いとった。丈も確かに軒下におったわ。よう考えや、あちこち話がおかしいやろ。そんなん丈が焼《や》き餅《もち》焼いてつまらん嘘ついたに決まっとるやろが」

なんとか大河と真弓の頭を冷やそうと、一言一言区切って丁寧に勇太が言葉を並べる。

頭痛がするほど血が上った頭でゆっくりゆっくり反芻《はんすう》すると、ようやく大河や真弓にも、昨日の丈の言葉が嘘に嘘を重ねるような不自然さを持っていたことが思い出された。

「本当なのか？　龍兄」

「俺が聞きてえよ大河……言っとっけど俺はまだ何が起こってんのか理解できてねえぞ」

まだ半分夢なのではないかと疑っている龍が、朝の血の巡りの悪さを発揮する。

「ちっとは冷静になれやおっさん。あんた真弓のときかてそんな訳わからんことせんかったやないか」

まだ上がっている長刀の柄を摑んで降ろさせて、呆れ返ると言わんばかりに勇太は歯を剝いた。

「……真弓は」

ようやく理性のかけらを取り戻し、右手の刀にギョッとしながらそれを鞘《さや》に納めて、当たり前だがばつ悪く大河が眉《まゆ》を寄せる。

「理不尽なことされても、黙ってねえだろ。おまえにだって」

兄弟を比べるような言葉は誰にも聞かせたくなくて、言いようを選ぶ大河の口元が躊躇《ためら》った。

「ああ……そやけど」

「だから真弓がいいっつうなら本当にいいんだろうって、しょうがねえかと思うけど」

「勝手に過去を書き換えるなや……しょうがないなんちゅうもんやったかあれが‼」

言いながら、けれどわかりやすかった真弓への反対や心配と、喉の奥に滞らせているような明信へのそれが大河にとってまるで違うものなのは勇太にもぼんやりと伝わる。

「けど明信は昔から、何処で誰にどんな我慢させられてっか、俺はいつもいつも気が気じゃなくて……っ」

「呆れるでほんま、ガキちゃうねんぞ。二十……いくつや、三か四か。あほちゃうかほんまに、そんなん明信にかて失礼やろが！」

大河の言いたいことはよくわかったがもうそんなことを案じるのはいい大人である明信にこそ非礼だろうと、咎めて勇太は声を荒らげた。

「いや」

けれど意外なところから、勇太を遮《さえぎ》る声がかかる。

「心配だろ、生まれたとこから見てる兄貴だ。明のことよくわかってたら……俺なんかと一緒にいるって思ったら気が気じゃねえのは当たり前だ」

「龍兄……」

それを理解するという龍が弟のことを思っているよりずっと見ていてくれるのだと初めて知って、安堵のように謝罪のように、大河は龍を呼んだ。

「安心しろなんて、さすがに言えねえけど……ひでえことはしねえよ、何も」

茶化すでも、おざなりになるでもなく精一杯の誠意で、龍が大河に約束する。

「そんなんじゃ安心できない!!」

けれど大河を押しのけて真弓が、龍の目の前に迫って爪先《つまさき》で背伸びをした。

「絶対浮気しないって誓え」

「誓えってな……おまえ」

「絶対、絶対明ちゃんのこと不幸にしないって、ずっとずっと幸せにするって誓ってよ！」

「真弓」

どんなに背伸びしても届かず跳ねて言った真弓の肩を、勇太が強く摑んで止める。

「俺かてそんなこと誓えへん。どんなに約束しようても、誓えへんよ」

髪を抱いて、言い聞かせるように勇太は目を合わせた。

「おまえは誓えるんか？　絶対とかずっととか」

「……っ……」

責めるようにではなく、宥《なだ》める勇太の声に唇を噛んで、真弓が喉を詰まらせる。

「だけど……っ、明ちゃん龍兄が本気じゃないって思ってる。龍兄のことちゃんと信じてない！」

堪えられずに、真弓は目の端に涙を滲《にじ》ませて叫んだ。

「龍兄がケッコンするならそれまででもいいって、そう決めてたって。そんなこと言わせるなんて龍兄なんか……龍兄なんか……っ」

「泣きながら喋《しゃべ》んな真弓」

漠然と、恋人の家の居間でどんなやり取りがあったのかようやくわかって、小さく溜息を漏らしながら龍が真弓の髪を肩に抱く。

「おまえホントに兄ちゃんが好きなんだな」

「龍」

愛しさに涙を拭ってやった龍の肩を摑んで真弓から引き離し、勇太は大河の手元の鞘から長刀を抜き取ってその首筋にあてがった。

「人のもんに気安く触るなて、なんべん言うたらわかるんや。いてまうど」

「……おまえも冷静んなれ。たのむから」

ぱっと手を放した龍の手元から真弓を抱き寄せて、勇太が何もなかったかのように刀を戻す。

「まあ、見合いのことはこっちの勘違いだ。疑って悪かった」

段々と冷静さを取り戻すにしたがって騒ぎ過ぎたことは明らかになり、深々と大河は頭を下げた。

「写真持ち込まれるなんざいつものことだ。ただ、昨日も勇太に言ったけど」

そんな風に安堵されてても何か違う気がして、言葉に迷って龍が苦い息を吐く。

「俺、別に明のことがあるから結婚しねえ訳じゃねえよ。大河」

「どういう意味?」

ぴくりと、顳顬《こめかみ》をひきつらせて真弓が勇太の胸から顔を上げた。

「わざわざ不安にさせることもないやろが、龍」

何を思って龍がそんな風に言うのか本当はわかってはいなかったけれど、ただどういう思いがそこにあるかだけはわかる気がして、勇太が真弓の肩を引き留める。

そして密《ひそ》かに明信の先々のことを案じていた大河には、龍がどんな意味で自分にそれを言ったのかがはっきりとわかった。

「龍兄」

自分よりいつも少し高いところにある目を見上げて、大河が口を開く。

「俺は龍兄がいつか結婚するなら結婚するでいいと思う。それはそれで、龍兄の誠意として俺は受け止める」

「何言ってんの⁉　大河兄！」

真弓には大河が何を言い出したのかまるでわからなくて、悲鳴のように兄を呼んだ。

「ただ、できるだけ明信を傷つけないようにしてやってくれ」

頼むと、頭を下げた大河に、龍は応《こた》える言葉は持たない。

「大人の事情やな」

「全然わっかんない！　明ちゃん龍兄のこと大好きなんだよ⁉　みんななんにもわかってない……っ」

無理やり納得させようとした勇太の手を振りほどいて、涙を撒《ま》き散らしながら真弓は喚《わめ》いた。

「真弓もわっかんないよう……大河兄のバカ！」

持っていた瓶を振り捨てて、川の方に真弓が駆け出す。

「あぶなっ！　こんな始末のわるいもん置いて行きよって……。龍」

受け止めた瓶を軒先に置いて真弓を追おうとしながら、一瞬足を止めて勇太は龍を振り返った。

「俺、あんたの気持ちわからんでもないけど、もうちっと素直になったらどうかとも思うわ。他人事やから、そんな風に思えるもんなんかもしらんけどよ」

言い置いて勇太が、真弓の後を追って駆けて行く。

その背を見送りながら、二度、勇太と真弓は別れた方がいいと思ったことを、龍は思い出した。その方がやがてはお互いのためだと、はっきりと口に出したこともある。

――俺、あんたの気持ちわからんでもないけど、もうちっと素直になったらどうかとも思うわ。

あんな風に言えるのは、未だ先の見えない若さのせいなのか。それとも性《しょう》の違いなのか。けれど自分が考え過ぎているとは、今は、龍は思わなかった。

ふと勇太と真弓が消えた方と逆の角を見ている大河に気づいて、龍も振り返る。

いつから聞いていたのか、辛うじて部屋着に着替えている明信が、どうしていいのかわからないというように立ち尽くしていた。

「ごめんね、こんなことになるんじゃないかと思って止めようと思ったんだけど……予想以上に行動早くて。うちの人たち」

済まなそうに、それでも笑おうとした頬が陰って、随分先から明信が話を聞いてしまっていたことを教える。

「明信……」

歩み寄って来た明信に、大河は今すぐ手を摑んで家に連れて帰りたいような衝動に駆られた。

「謝んねえぞ、俺」

「何も怒ってないよ、大河兄。でもちょっと騒ぎ過ぎ」

腕を摑むのを堪えて憮然《ぶぜん》と言った兄に、肩を竦めて明信がその手元を見る。

くしゃりと、前髪で顔を隠すように、大河は明信の頭を鷲摑《わしづか》みにした。

「……笑うな。見てらんねえから」

撫《な》でるようにでもなく手を放し、ふいと、大河が家に向かって歩いて行く。

「ホントに……ごめんね龍ちゃん。朝から騒がせて」

「いや、いいんだけどよ。……真弓が」

残された危険物を一旦店の中に入れて、真弓が残していった言葉を龍は耳に返した。

——だけど……っ、明ちゃん龍兄が本気じゃないって思ってる。龍兄のことちゃんと信じてない！

見合いがどうとかではなく、真弓が一番許しがたく思っていたのは結局それなのだろうと龍にも知れる。

——龍兄がケッコンするならそれまででもいいって、そう決めてたって。そんなこと言わせるなんて龍兄なんか……龍兄なんか……っ。

「まゆたん、自分のことだともっと冷静に考えられるのにね。かわいいけど、子ども返り」

何を龍が思っていたのか悟ったかのように、明信が苦笑してもういない弟を追うように角を見た。

「それだけおまえのこと大事なんだろ」

確かに真弓は普段はもう少し大人だったはずだと思い返し、危険物の始末に龍が頭を掻《か》く。

「明……俺がおまえのことと結婚しないことは関係ねえって言ったのは」

「龍ちゃん」

龍の言葉を遮って、広い背に明信は夏の朝に似合う静かな声で、呼びかけた。

「まゆたんの言ってたこと……本当だよ」

言っておかなければと胸に留めながら言えずにいた言葉を、告げるなら今しかないと、明信が背を張る。

「信じてないとか、本気じゃないとか思ってる訳じゃなくて。でも」

最初に、言うべきことだったのかもしれないと惑いながら、それでも明信は言葉を継いだ。

「僕……いつか龍ちゃんには」

「……もうよせ」

先を汲んで、その手を龍が強く取る。

強くなって来た東からの陽光を避けるように、龍は半分しまったシャッターの内側に、明信を引き入れた。

外の夏の光とは裏腹の薄暗さと冷たさの中で、物も言わず龍が明信の体を抱き寄せる。

「……っ……」

息を継ぐ間もなく唇を塞がれて、そのまま情交と変わらない深い口づけを施され、明信は喘《あえ》いで龍の肩にしがみついた。

「ん……っ」

「……自分も似たようなこと言っといて、ざまねえな。俺」

顔が見えないように肩に強く明信を抱いて、緩められない力を龍が嘲《あざけ》って笑う。

「もう、帰れ。朝飯だろ……これから。な」

目を見ないまま不意に肌を放して、龍は明信に背を向けた。

濡《ぬ》れた口元を拭って、振り返らない背を、明信が見つめる。

「……休むならちゃんと、戸締まりして」

いつの間にか高さを変えた目も眩《くら》むような朝日の中に、明信は足を踏み出した。背が離れていっても、二人とも今は呼び止めない。

落ちた互いの肩がひとりでに戻るのを、ただ待ったままで。

世間が夏休みに入った町の音は漫然と賑《にぎ》やかで、町中夜が遅くなっているのを明信《あきのぶ》は感じた。近くて、今は少し遠く感じられる花屋で龍《りゅう》が、一人で夏休みの声を聞いているのかと思うと駆けて行きたくなったけれど、何故だか彼がそれを望まない気がして自室への階段を上がる。

タオルで濡れた髪を拭《ふ》きながら、常夜灯しかついていない和室に明信は足を踏み入れた。

部屋は弟の丈《じょう》と二人部屋で、真ん中から一応左右に互いの領地を分けている。散らかった左側の布団に夏掛けも掛けずに横たわる丈の背を眺めて、くすりと明信は笑った。

「どうしたの、丈。ご飯食べないなんて」

寝た振りをしているつもりなのだろうが、丈はそんな小芝居ができるほど器用ではない。そう思うとこの間の嘘は余程丈も感情的になっていたのか、それとも自分を含めて誰も冷静ではなかったのか、多分その両方なのだろうと明信は溜息をついた。

「……試合、近いし」

狸寝入《たぬきねい》りがすっかりバレていることまでは白を切れなくて、渋々といった声を丈が漏らす。

「だけど、絶食みたいなやりかたは体に良くないいんだろ？　駄目だよ、体が資本なんだから」

「わかってるけどさ」

いくら話しかけてもここのところ丈は、強情に明信に背を向けて決して振り返ろうとしなかった。

「大河《たいが》兄とまゆたんに怒られて落ち込んでるの？　もう、自分たちで騒ぎ過ぎたくせに……全部丈のせいにして」

溜息をついて、本当はあまり触れたくない核心に明信が触れる。いつもなら翌日にはなんでもけろっとしている丈なのに、今度ばかりは始末がつくまで自分を見ないつもりらしいと、いい加減明信も気づいていた。

「だってオレのせいだもん」

年より大人びた外見に見合わない口調で、丈がぼやく。

「……最近、明ちゃん外泊しねんだな」

「手伝いには、行ってるよ」

「大学だって夏休みなんだろ？」

なのにどうして龍のところに泊まらないのかと、まるで責めているように丈は言った。

「研究室は休みもあんまり関係ないんだよ」

言いながら、軽い痂《かさぶた》になった唇に明信が触れる。

シャッターに背を打って口づけられたときに、深く嚙み合った龍の歯に触って切れた。痕《あと》を見つけるたびに龍が済まなさそうにするので、あれ以来口づけもしていない。

「丈こそ。夏大好きなのに、遊び行かないね。練習もしかして、サボってる?」

ちゃんとは丈に答えず、シーツの皺《しわ》を伸ばしながら明信は逆に問いかけた。

「だるくて。スランプなんだオレ」

「ボクシング?」

「色々」

まだ湯の火照《ほて》りが冷めずすぐには寝つかれそうになくて、網戸からの風を求めて明信が明かりを消す。

「明ちゃん……嘘だよ、龍兄が見合いするなんて。その場で、断ってた。写真も見ねえで」

その暗さに手を借りて、丈は不意に、それでもまだ背を向けたまま明信に告げた。

「……どうしたの今頃」

もう誤解が解けたことは聞いているはずなのにと目を瞠《みは》って、布団の上で膝《ひざ》を抱えたまま明信が問う。

「そのせいで龍兄とうまくいってねえんじゃねえの?」

「違うよ。……うまくいかない方が良かったんじゃないの？　丈」

厭味《いやみ》のつもりではなくしおらしい丈がおかしくて笑いながら、明信は古ぼけた団扇《うちわ》を手にとって風を送ってやった。何年か前の夏祭りで配られた団扇だ。

「そりゃそうだけど……」

沈んだ明信の顔を見ているよりはと、言いかけても決して、丈には言えない。

焦りと苛立ちと、そういうものに支配されて自分が今儘《まま》ならないのは確かなのだけれど、その正体がなんなのか本当は丈にはよくわからなかった。毎日寄り道をするようになった明信を自分も行き帰りに他所《よそ》の家で見かけると、立ち働き笑う姿は知らない青年のように映る。誰かが、自分より明信を見ていて、自分より明信を知ろうとしている。

信じたくないけれど、多分もうそれを止めることは叶《かな》わない。

「なんで龍兄なんだよ」

たとえそれが龍でなくても耐え難かっただろうことは日々苛立ちを溜めるごとに丈も気づき始めてはいたけれど、認めるにはあまりにも子どもじみた感情に思えた。

「どうしても、納得できねえよオレ。賛成なんて、できねえよ」

「……丈」

駄々のように言い重ねながらまた体を丸めた丈を、宥めて明信が呼ぶ。

けれどよく知ったはずの何度も自分にかけられたその呼び声を、丈は泣きたいくらい遠くに聞いていた。

「少しの、間のことだよ。多分」

溜息のように、この間も言ったそれを明信が教える。

「だからちょっとだけ、我慢して」

「なんだよそれ……っ」

逆上して、ようやく丈は起き上がり明信の方を向いた。

勢い丈が手で押しのけた枕が、明信の手元まで届く。

「丈、声が大きい」

団扇を口元に立てて小声で窘《たしな》めた明信の耳に、誰かが襖《ふすま》に廊下から触れる音が聞こえた。

「……ケンカ？」

向かいの部屋から出て来たのだろう真弓の声が、遠慮がちに襖の向こうからかけられる。

「違うよ、まゆたん。心配しないで、おやすみ」

「おやすみなさい、明ちゃん、丈兄」

言いながら、真弓が離れて行く気配がしない。

「ケンカしちゃ、やだよ」

懇願のように心細く言い残して、真弓はようやく自分の部屋に戻って行った。

「喧嘩なんて……したことないのにね、僕と丈は」

叱ったり小言を言ったりそれに丈が屁理屈《へりくつ》で言い返したりはそれこそ毎日だけれど、喧嘩らしい喧嘩をした覚えはなくて、真弓の心配に明信がくすりと笑う。

「それは」

けれど丈は同意せず、唇を噛んで俯いた。

「なんか決めるときでも、なんか分けっこするときでも、絶対明ちゃんがなんにも選ばなかったからだろ。みんなのいい方でいいよとか、残ったのでいいよとか」

それを、丈はずっと明信のやさしさだと思ってありがたく受け止めて来たのだけれど、不意に苛立ちが込み上げて収まらなくなる。

「龍兄とも、そうなのか？　なんでも龍兄が決めるのを、ただ明ちゃんは待ってるだけなのか？　龍兄が他の人と一緒になんの……待ってんのかよ。なんだよそれ、ホント」

髪を掻き毟《むし》って、理解できないというよりはしたくなくて、丈は言葉を連ねた。

「す……好きなんだろ!?　龍兄のこと。そんなんで明ちゃん、幸せなのかよ！　訳わかんねえよオレ!!」

問われた言葉が、思いがけないほど深く明信の胸にかかる。

——それに……明ちゃんが幸せならいいかなーって思うんだけど。

同じことを、真弓にも聞かれた。

——……どうなのかな？

不安そうに、真弓は首を傾けて目を覗いて来た。

本当は明信は、そういうときに嘘をつくのに慣れていた。快く受け入れられないことでも自分が頷《うなず》いたならそれは自分で選んだことだとわかっていたし、だからそれでいいのかと誰かに問われれば迷わずに頷くことができた。ずっと、そうして自分にも他人にも少しの嘘をついてきた。

けれど胸に少し、蟠《わだかま》るような何かが、明信の喉を塞ぐ。

幸いを問う真っすぐな弟たちの目に、応えることは難しい。

「わかって、丈」

だからその問いに明信は、頷くことも首を振ることもできなかった。

「僕がそうしたいんだ」

ただ唯一自分の本心と思えることを、明かす他なくて。

呆然と、暗闇に、丈は明信を見つめていた。街頭の薄明かりが届いて微《かす》かに映える兄の横顔を、けれど見ていられなくなる。

「初めて聞いた。明ちゃんがちゃんと、どうしたいって言うの」

力のない声で呟いて、丈は普段被《かぶ》らない夏掛けを肩まで被って横たわった。

「留学のときは……オレ、明ちゃんの本心はっきりわかってなかったし。大学とか高校のときもさ、こうしたいの後に必ず、駄目ならいいんだって、ついてたもんな。したいことも欲しいものもねえんじゃねえのかなって、思ったこともあったよ。オレ」

自分と違い過ぎる兄を、わからないと思ったことは少なくない。けれど多くを声にして望まない明信に何か喜びや幸いを渡すのは自分や、兄弟たちなのだと。子どものころ丈は、信じて疑いもしなかった。

「明ちゃんはもうオレの……うちの明ちゃんじゃなくて」

それがばかな思い込みだということは、本当はとうに知っていた。

「龍兄の明ちゃんなのか？」

「丈……」

呟きが泣いているように聞こえて、どうしていいのかわからずにただ明信が呼びかける。

答えずに、丈はぼんやりと、見慣れた天井の模様を、目を細めて眺めた。

「なんか変だな、ずっと一緒にいられんのは他人なんだな。兄弟なんてさ……こんなちょっとの間だけなんだな、一緒にいるの」

「ちっちゃい子……みたいなこと言って」

咎めずに笑んで、明信が団扇を置く。

上掛けを引いて、往来を車が通る音を聞きながら、明信も布団に仰向けになった。

——五人兄弟でも、何処と何処が特別仲がいいってのがあるんだな。おまえは丈なのか？

ふと、龍に問われた言葉が明信の耳に返る。自分と丈が、一番普通の兄弟のように育ったと、明信は答えた。

「でもおまえが僕よりちっちゃかったのなんか、一瞬だったけどね。父さんと母さんが死んじゃったころは、まだ僕の方が少し大きかったけど」

けれどやはり、普通の兄弟とは違ったのかもしれない。

「志麻《しま》姉と大河兄がお父さんとお母さんの代わりになって……その代わり二人は、ちょっと遠くて。まゆたんは志麻姉と大河兄の子どもみたいで。僕たち二人兄弟みたいに、育ったね。子どものころ。少し、心細くて」

言いながらそのころの心細さを、はっきりと明信は胸に返した。

「いつも二人で、すごく強く、固く手を繋《つな》いでた気がする。離れないように、僕は必死で丈の手を摑んでた。あのころのことが……おまえは忘れられないんだね」

丈が見せる特別の執着は、あのころ決して自分の手を放そうとしなかった小さな手の力強さによく似ている。

「僕もだよ」

答えない丈に苦笑して、遠い、遠い日のそれを捜すように、明信は手の先を目の前に翳《かざ》した。

「いつまでも、きっとこれから先も、丈と二人きりでもう離れないいんじゃないかっていうくらいきつく手を繋いでたときのこと忘れない。一生忘れられない。何処にいても、誰といても」

けれどもう、指の先にいつもいたもう一つの指を、見つけることは難しい。

「手、繋いで寝ようか。丈。今日だけ」

髪を落として丈を振り返って、答えをわかっていながら明信はそれでも聞いた。

「……そんなの変だよ。オレもう二十二だぞ」

「子どものころはよく繋いで寝たじゃない。丈が怪奇特集とか見たがって、見たがったくせに怖がって眠れなくなっちゃって」

予想通りの言葉を返されて、行き場のない手を明信が夏掛けの上に迷わせる。

「かわいかったなあ……どうしてそんなに大きくなっちゃったの？」

見えない指が離れたのは、もうずっとずっと前のことだ。

「なんだよ……急に」

「僕はよく覚えてる。最初に、ずっと摑んでた丈の手が離れてったときのこと」

もう大丈夫と、そんな風に、丈は不意に一人で走りだした。

「すごく寂しくて、僕は少し泣いたよ……だからよく覚えてるんだ」

取り残されたように、明信はいつまでもその背を見ていた。

「あれから、怖いことも悲しいことも辛いことも、みんな別々になって」

けれどこれはきっと誰もが知っている寂しさなのだと、明信は耐えた。

「何か悔しいことがあって背中向けて丈が一人で泣いてても、何も言えなくなったよ。だから
……」

何度か聞いた、丈だけの悔しさ、丈だけの痛みが漏らす嗚咽《おえつ》が、闇に零れる。

「泣かないで、丈」

本当は別々になりたくないのは自分も同じだと、明信は告げてしまいそうになった。心細さに、小さな子どもに返ってしまいそうになる。

弟に、兄に、縋《すが》って。龍に触れる前の自分に戻って、何も思わずにこの塒《ねぐら》に丸くなりたい。いつも自分の幸福を願ってくれる彼らに、暖かい、それも確かに間違いようのない本当の幸いを与えられて眠りたい。

「泣かないで」

けれど泣くまいと、明信は言葉の下に寂しさを閉じ込めた。

痛みも悲しみも寂しさも、今は自分一人のものなのだ。

問われる幸いがどんなものなのか、それを知るのもまた、自分でなくてはならないように。

夏祭りが間近に迫って、お囃子《はやし》がそこここで大きく響き始める。

山車《だし》倉までは出向かずに花屋のレジ台で、遠くに地元町会竜頭《りゅうず》町三丁目の太鼓を聞きながら合わせて明信《あきのぶ》は笛を吹いた。毎年夏の間しか吹かないが手入れのいい笛は、今日は少し切れが悪い。

笛を聞きながら立ち働く龍《りゅう》の足元も、いつもより静かだった。

背中を見ることが増えたと、明信は思った。口づけに切れた、唇の痂《かさぶた》がまだ癒《い》えない。固い笛に傷が触れたが、明信は痛まない振りをした。

それでも龍には、その仕方のない気遣いが伝わる。

気づかぬ振りを重ねあって、真夏だというのに二人とも日差しの明るさを忘れてしまいそうになった。

「明」

少しだけ暮れる気配を見せ始めた往来を眺めて、龍が不意に明信を振り返る。気負いを見せぬように、微《かす》かな笑顔で。

「花火行くか、浴衣《ゆかた》着てよ」

「花火？」

その龍の目が確かめるように唇を見て行くのを感じて、すべもなく明信は痂を晒《さら》した。

「隅田《すみだ》大花火だろ、今日」

「ああ……だからあんなに浅草《あさくさ》混んでたんだ」

花火だ市だ祭りだ、しまいにはサンバパレードだといって浅草が賑《にぎ》わうのはいつものことだが、言われてみれば今日は七月の最終週だと明信がカレンダーを見上げる。様々な行事の中でも、やはり隅田花火は一入《ひとしお》の騒ぎだ。

「祭りも花火も関係ねーよーなツラしやがって」

今気がついた明信に呆《あき》れて、鬼灯《ほおずき》に夕方の水をくれながら龍が笑う。

「何言ってんの、こんなに一生懸命お囃子の練習してるのに。あの山車の上でお囃子するのすごく大変なんだよ？　喧嘩《けんか》に夢中で誰も聞いてないのにさ」

その軽口に乗って、笑い返しながら明信は笛を手拭《てぬぐ》いで拭った。

「聞いてるって、お囃子なかったら祭りじゃねえよ。なあ、着替えて来いよ。浴衣」

「持ってないよ、僕」

「なんで」

「なんでって……お祭りはいつも鯉口《こいぐち》に法被《はっぴ》じゃない。小さいころ丈《じょう》とお揃《そろ》いで仕立ててもらったのがあるけど、丈《たけ》直さないまま箪笥《たんす》の肥しになってるはず」

両親が死んで気にかけるものがいなくなったのでそういえばそのままだと、微かな記憶を明信が辿《たど》る。

「真弓《まゆみ》の着れんじゃねえのか、あいつ最近でかくなったし」

「まゆたんのは……多分まだ男物一枚もないよ。勇太《ゆうた》くんがまだ女物着るなら一緒に歩くの絶対やだってこないだ騒いでたから、秀《しゅう》さんが仕立てるかもしれないけど」

「あいつ衣装持ちだよなあ。毎年志麻《しま》が、新しい浴衣仕立ててただろ」

「志麻姉にとってまゆたんは、一人娘っていうか着せ替え人形みたいなもんだったから。自分に似合わないレースとかフリルとか花柄とか、いっぱい着せて。七五三の着物も、振り袖《そで》に直せるちゃんとしたのだったんだよ……どうしよう志麻姉がまゆたんの成人式にどうしてもあれ着せるって言ったら」

　真弓の情操を心配して、幼いころから一人女装させることに反対していた人一倍非常識なことが苦手な次男は、今から二年後の成人式を思って憂鬱《ゆううつ》になった。

「あり得ねえことじゃねえな……。おまえはどうしたんだ、成人式は」

「志麻姉と大河《たいが》兄が、上から下まで揃えてくれた。僕たちみんな微妙にサイズが違って。ワイシャツとかって、首回りとか幅とか細かいから結構貸し借りがきかないんだよね」

「つまりおまえは、大河のスーツで成人式間に合わせようとした訳か」

「だって、あんまり着る機会ないのに勿体《もったい》ないじゃない」

「ああいうもんはよ、着る方より着せる方に思い入れがあるもんなんだぞ」

買う買わないで一悶着《もんちゃく》したただろうことを察して、龍が肩を竦《すく》める。

「でも、僕が兄弟の中で一番学費かかったから」

「そう言って強情張ったんだな?」

「最後には志麻姉と大河兄に引きずられて、寺門《てらかど》テーラーさんで採寸されたよ。名前まで入れてもらっちゃって、一生着なくちゃ。あれ」

以来、卒業式や院の行事などで数えるほどしか着ていないスーツに済まなくなって、明信は溜息《ためいき》をついた。

「浴衣さ」

ぼそりと、龍が呟《つぶや》いた言葉が聞こえなくて、問うように明信が顔を上げる。

「買ってやろうか。仕立て上がりのもんになっちまうけど」

「い、いいよそんな。安いものじゃないのに……っ」

慌てて、明信は手を振って後ろに身を引いた。

「いいじゃねえかよ、それぐらい。ボーナスだ、ボーナス」

「でも沢山着ないのに、勿体ないよ」

スーツと同じことを言った明信の強情に呆れて、龍が笑う。

「浴衣なんざそういうもんだ、紙に包んで箪笥にでもほうり込んどけ。どうせ真弓の祭りの衣装や浴衣が山ほど入ってる和箪笥がどっかにあんだろ」

そういえば秀の部屋に、兄弟たちは置物ぐらいに思っている桐箪笥が置かれたままだと、明信は思い出した。子どものころから同じ場所に置いてあるのでもう部屋の一部のようになっているが、秀は邪魔ではないのかとふと不安になる。

「なんならうちに、置いといてもいい訳だし」

さらりと言って屈《かが》むと、水滴を滴らせる鬼灯を龍は指先で弾いた。

「そんなに始末のつかねえもんじゃねえぞ」

言葉に、少し辛い気遣いが含まれるのに、明信が気づく。

「龍ちゃん自分のは持ってるの？」

「見てんだろ、何度も」

「まさか時々寝間着にしてるあれのことじゃないよね」

「バカ、浴衣ってのはそういうもんなんだ。元々」

「そうかもしれないけどさ……」

「行かねーのかよー、花火」

子どもの駄々のように言って、龍はレジ台に両手をかけた。

「……いこっか、そしたら早じまいして」

なんとなくいつの間にか、二人の間にあった小さな痼《しこり》のようなものが溶けてしまった気がして、少し龍の機嫌を取るような気持ちで明信が笑う。

「今おまえ、こっからでも見えんのにって思っただろ」

ふいと、龍は顔を逸《そ》らして明信に背を向けた。

「思ってないよそんなこと」

「もういい」

拗《す》ねた口をきいて、煙草《たばこ》を噛《か》みながら龍が椅子《いす》を引き寄せて座ってしまう。

「どうしたの急に……行きたいよ、僕。花火」

「嘘《うそ》つけ」

「行きたい、すっごく行きたい」

何を拗ねたのかと慌てて、明信は龍の背に駆けよって肩に両手をかけた。

「……おりゃ丈や真弓じゃねんだからよ、ったく」

吹き出して、龍が左肩にかかった明信の手に右手で触れる。

「明」

振り返らないまま、ふと、静かな声で龍は明信を呼んだ。

「俺、最近おまえが考えてることわかんだぞ。全部じゃねえけど、多分」

「嘘ばっかり。花火、ホントに行きたいのに」

茶化そうとした明信に、龍が小さく苦笑する。

顔を上げて、龍はもう一方の指を伸ばして明信の切り揃えたばかりの前髪に触れた。

うまく、明信は笑うことができない。

痛ましげに、龍は見つめてそれでも目を逸らさなかった。

「整理がつかねえような顔して無理に笑ってんなら、しばらく来なくたっていいんだぞ」

投げられた言葉の意味を計りかねて、明信が首を傾ける。

「俺、おとなしく待ってっから」

その頬《ほお》を探るように、掌《てのひら》を龍は宛《あ》てがった。

「そんな顔させるために、一緒にいる訳じゃねえんだからよ」

捕らえられた目を、背けられずに明信が眉《まゆ》を寄せる。

――俺、別に明信のことがあるから結婚しねえ訳じゃねえよ。大河。

気にかけていないつもりだった、聞いてしまった龍の言葉が、唐突に明信の胸に湧き返った。

いや、気にかけていないのではなく、気にかけまいとしていたのだ。

「じゃあ……」

どんなつもりで龍がそれを言ったのだとしても、自分の中の決め事は変わらないと、あのとき明信は思った。

「なんの、ために？」

なのに覚えず、明信の唇から小さな問いかけが零《こぼ》れた。何か自分の知らない龍の望みがまだあるなら、ただそれに従おうとする弱さに飲み込まれそうになる。

「言ったら、おまえは楽になるのか？」

頬に触れたまま、龍は聞いた。

龍が投げたものは問いかけだったけれど、用意された答えは一つしかないように、明信には思える。

「だけどな……明」

今にも頷《うなず》いてしまいそうに見えた明信に、龍は溜息をついた。

だけどと、呟いたその続きを教えようかどうしようかと、唇が迷う。

「ちょっと、あんたたち」

入り口のガラス戸から聞き慣れた声が投げられて、ビクリと肩を揺らして二人は離れた。

「なにしてんのよ、一体」

去年生まれたばかりの一番下の子を抱いた理奈《りな》が、うさん臭そうに仁王立ちになっている。

「ちょ……ちょっと、お店のこと話してて。深刻に、なっちゃって。ねえ龍ちゃん」

「まあ、な。うん」

大慌てで言い訳した明信にさらに重ねる言葉などあるはずもなく、無意味に椅子から立ち上がって龍は頭を掻《か》いた。

「そこの女子校の子たちが噂《うわさ》してたわよ、新しいバイトと龍ができてんじゃないかって。つれなかったのはそうだったからなんでしょって、聞かれたわよ。あたし」

じっと訝《いぶか》しげに龍を睨《にら》んで、揶揄《からか》いともつかないことを理奈が教える。

「ったくあのメスガキどもが……そうじゃなくてもかしましくってまいってんだこっちは。ちっと説教しとけよ理奈、先輩だろおまえ」

「半月でやめちゃったもんあたし、先輩ヅラなんかできないよ。まー、あんたと明がどうこうなんてあたしは思やしないけどさ、見合い話来なくなったって知らないから」

小言を言いながら勝手に龍が座っていた椅子にかけて、むずかる赤ん坊を理奈は抱え直した。

「その方が助かる。いちいち断んのが厄介なんだよ」

「いつまで独りもんでいるつもりよあんた。あ、仏壇花。そこの安いのでいいわ、二つちょうだい」

「あれもう持たねえぞ。下げる気だったんだよ」

理奈の指さした水色のバケツの中の開き切った白菊と竜胆《りんどう》に、龍が肩を竦める。

「いいのいいの、なんか明日親戚《しんせき》来るからさ。一日持てばいいのよ」

「それにしたってよ……明、したらそれ水揚げして、小菊ちょっと足してやってくれ」

「はい」

店主と従業員らしい会話を披露して、明信はバケツごと花を抱えて奥の水場に向かった。

「ったく、若いのにこんなシケた花屋でよく働くわね。明も」

「シケた花屋たあ言ってくれんじゃねえかよ」

「ま、よくやってるわよあんたも。信じらんないね、お互い。ガキのころのこと考えるとさ」

笑いながら理奈が、花火のために赤ん坊に着せた小さな甚平の紐《ひも》を結び直す。そうしてその手元を真っすぐ見られずにいる龍の視線を辿って、理奈は顔を上げた。

「……自分のことに夢中で気がつかなかったよ」

「何が」

ふっと、息をついて理奈が言ったことの意味がわからずに、龍が問い返す。

「こないだは上の娘が初潮でなんて話してごめんよ」

「まったくだ」

「そうじゃなくてさ」

憤りを露《あらわ》にした龍に、手を振って理奈は苦笑した。

そう遠くない川べりから、不意に耳を裂くような大きな音が響く。花火の準備が整ったことを知らせる、空砲だ。

「なんか忘れちまっててさ……だってもう十……十三年？　そんな前のことで」

音の方を振り返って、その空砲に紛れるように理奈が呟く。

「でもあんた全然、忘れてないんだね」

何を理奈が謝ったのかようやくわかって、龍は眉根を寄せた。

耳に届いた明信も一瞬茎を切る手を止めたけれど、すぐに聞こえない素振りで手を動かす。

「あたしだってさ、人に言えないようなこと沢山したのにね」

「……バカ、忘れちまっていいんだ。おまえはちゃんと三人ものガキ育ててんだから、今のことしっかり考えてなきゃだめだろ」

「あのさ、龍」

花は口実で、ただ龍と話すために来たのか、手元にある言葉を呼ぶように理奈は口を開いた。

「死んだ子の年数えちゃ駄目だよ」

差し出た言葉だと知りながら、それでも、理奈が龍の目を追う。

「その子が何処《どこ》にも、行けなくなるよ」

重ねた声が、らしくなく微かに細った。

「……そうだな」

頷いて、まだ充分に幼い赤ん坊を、辛く、龍が見つめる。

「みんなあんときの子に見えちまうだろ？　所帯持って、親になっちまいなよ。あたしだって
エイジだって、あんなんだったのに今じゃただの父ちゃんと母ちゃんだよ」

いつまでも水を出している明信に憚《はばか》ってか、小さく理奈は告げた。

「……理奈ちゃん、お花できたよ」

それきり途切れた声の間を縫って、遠慮がちに、明信が理奈に花を差し出す。いつまでも理
奈の抱いているものを見つめている龍を、見ているのも辛かった。

「ああ、うんありがと明。あんたたちは花火行かないの？」

「後で」

「二階上がると結構よく見えるよ、この辺。……龍、余計なこと、言ってごめんね」

立ち上がり小さく龍に言い残して、きっと無用の花を抱えて、理奈が店を出て行く。

花に紛れて微かに残る天花粉の匂いは甘く、いつまでもそこに滞った。

「……浴衣、買ってもらおうかな」

「なんだ、欲しくなったのか」

呟いた明信に手を借りるようにして、レジ台に腰を預けて龍が笑う。

「うん……甚平かわいかったから」

「なんだよそれ」

肩で笑って、煙草を取ろうとした龍の腕に、引き留めるように強く、明信は手をかけた。

「龍ちゃん」

さっきは弱さに流されてしまいそうになった、いつか告げようと決めていながら立ち止まっていた希《ねが》いが、喉《のど》の奥に込み上げる。

「僕、いつか……龍ちゃんにはお嫁さん貰《もら》って」

瞳を追うことまではできなくて、そのまま肩に、少しだけ明信は額を寄せた。

「お父さんに、なって欲しい」

一瞬の隙間《すきま》を開けた夕方の喧噪《けんそう》に、はっきりと、明信の望みが落ちる。

川辺に人を呼ぶ空砲が、それを聞き終えたかのようにまた轟《とどろ》いた。

「……明」

驚きを含ませない声で、龍が明信を呼ぶ。顔を上げさせようとして、掌で、龍は肩に居る明信の頬に触った。親指が薄く、唇の痂を撫《な》でるように通る。

けれど龍の次の言葉を待たずに、ダン、と、入り口の敷居が酷《ひど》い音を立てた。

二人が顔を上げると、戸口には思いがけない人物が立っている。

「なんで、そういうこと言わしておくんだよ」

憤りを無理に抑え込んだ震える声が、花屋の中にすべり込んだ。

「丈……?」

敷居の上には、この暑いのに上下長袖のサウナ・スーツを着た丈が立っている。

「どうしたの、そんな格好で」

突然現れた弟に驚きを隠せず、明信は目を瞠《みは》った。

「……言ったろ?　スランプなんだオレ」

すぐには意味のわからないことを、丈が言い捨てる。

「走り込んでもスパーリングしても全然すっきりしなくて、やっぱ絶対龍兄のせいだもん。だって明ちゃん、龍兄が嫁さん貰うまでって決めてたっつって。それまで堪えてくれって、オレに」

堪えろと言われても堪えられなくなって頭の熱さのままにここまで駆けて来たのか、過ぎるほどの汗をかいた丈はいきなり店に飛び込んで龍に摑《つか》みかかった。

「そんなこと言わせるような男と、なんで付き合ってられんだよ……っ」

「丈、喧嘩したら資格……っ」

プロテストに受かった日からぴたりと外で喧嘩をしなくなった丈が本気の拳を振るおうとするのに、慌てて明信がその腕にしがみつく。

「危ねえだろっ、どけよ明ちゃん！　いくら明ちゃんがそうしたいからって、オレやっぱ、そんなのよくわかんねえ。全然納得いかねえし、あんたのことどうしても許せねえよ！」

危うく明信を殴ってしまいそうになり肝を冷やした丈は、不発に終わった右手を彷徨《さまよ》わせて兄と龍に怒鳴った。

そのままの勢いで明信を押しのけて、もう一度龍に殴りかかる。

「……っ」

躱《かわ》そうとしながら狭さに逃げ場がなく、掠《かす》められた頬を龍は指先で拭った。

「……おまえにはそのうち一発ぐらい殴らしてやろうと思ってたんだけど、そんなのも失礼な話だよな。許せねえっておまえの気持ちもよくわかっけど」

言いながら、明信の案じたことに気遣って、龍が丈の顔ではなく腹に拳を埋める。

「……っ……」

「俺も、明になんか不実な気持ちある訳じゃねえから」

「っ……くそっ、何処がだよ!!」

「丈……っ、待ってよ、やめてよ！」

呻《うめ》いて腹を押さえながらもう一度かかろうとした丈の腹に、闇雲にしがみついて明信は止めた。

「龍ちゃんはなんにも悪くないんだよ。僕が勝手に」

「付き合ってんだろ!? 恋人なんだろ!? なんで他の人と結婚して欲しいんだよ、誠実じゃねえのは明ちゃんの方なのかよ！」

「そうじゃないよ、そうじゃないけど……どうしても僕……龍ちゃんに」

行こうとする丈を押し止どめながら、わからせようとする明信の声が細る。

「子ども、持って欲しいんだよ」

もうこれ以上それを知らない誰かに、たとえ弟にでも訳を全て語る気にはなれなかった。

「なんだよ……いまさらそんなこと」

「そんなことなんかじゃ、ないよ」

「最初っからわかり切ってたことだろ!?」

もっともらしいようでいてなお納得できないことを言う兄に焦《じ》れて、丈が声を荒らげる。

「……丈、俺」

言わない明信の代わりに、龍は口を開いた。

「やめてよ龍ちゃんっ」

「丈や、大河や真弓には知っといてもらった方がいい」

強く咎《とが》めた明信の肩を摑んで、龍が退かせる。

「なんだよ……」

「勇太や真弓ぐれえのときの、話だけど」

揉《も》み合ったせいで倒れたバケツを起こして、龍は新聞の濡れてしまった花を拾い上げた。

「死なしちまったガキがいんだ、俺。生まれる前にな。いらねえって、粗末にして。お袋もそのせいでここにいらんなくなって、出てっちまった。今は縁切られたまんまだ」

片付けようもなく、花をバケツに入れ直す。濡れた手を前掛けで拭って、小さく、龍は息を吐いた。

「みんな、早く親んなってやり直せって言う。それが一番だってな。明もきっと……そう思ってくれるんだろ」

そういう気持ちを、疑う気も疎ましく思うつもりもないと、丈に教える。

屈んだ背を起こして真っすぐに向けられた目を、ただ問い返すように丈は見ていた。

「……龍兄はどうなんだよ」

責める口調が、少しだけ角を落としてしまう。

「龍兄がちゃんと約束してたら、明ちゃんだって言わねえんじゃねえのかよ。そんなこと」

それでも自分を引くことはせずに、俯《うつむ》かず丈は挑むように龍を見た。

「俺は」

答えようとする龍に、明信の方が肩を揺らして背を壁に打つ。

「やってみてえと思ったことはなんもかんも、やり尽くして。先のことも粗方《あらかた》決まってるようなもんだけど」

痛ましくその恋人を見つめながら、龍は言葉を選ぶような間を置いた。

「明はまだ学生で、これからだろ？　全部。なのにまだ、ろくになんも、俺しか知らねえようなやつを」

声にしてしまうと辛くなって、少しだけ龍が目を伏せる。

「な。約束なんて、できねえよ」

自分に言い聞かせるように、手元に、龍は言った。

龍の思いは、まだ若い丈にはすぐにはわからない。

「……兄貴は」

けれどそこには愛情のようなものの他には何もないのだということが、深く考え込まずとも丈の胸にも伝わった。

「いつか龍兄が結婚しちまっても、それは明ちゃんのためでもあるかもしんねえんだから恨むなっつってた。まゆたんは怒ってたけど」

反発を覚えた大河の言葉も同じだと、わかってしまう。

「明ちゃん」

それぞれ望むことは違っても、誰もがただ一つの事だけを願っているのだと、丈も、そして明信も思い知る他なかった。

「オレたちは……オレはさ」

告げるのは力が要って、丈がきつく唇を噛み締める。

「明ちゃんが本当に幸せならいいんだよ」

いいんだと、言ってしまったと思うと、張っていた力が肩から抜けて行った。

「だけどなんか、全然信じらんねえんだ。オレ、明ちゃん嘘ついててもわかんねえんだよ。情けねえけど」

ぼんやりとした口調で、ふっと、丈の目が積み重ねて来た兄との時間を視る。

「お菓子が残っててさ、いらないよって言った明ちゃんが本当にいらないのか。オレが青がいいっつって、緑を取った明ちゃんが本当に緑でいいのか。騙《だま》され過ぎて、全然……わかんねえんだよ。明ちゃんの本当の気持ち」

「騙してなんか……」

首を振って、青でも緑でも自分にはたいした違いではないのだと、明信は言おうとした。けれどそれは最初からではなかったと、微かに思い出す。段々と、和が得られればどちらでも良くなった。幸いも不幸せも。それが自分の選択なのだと、疑いはしなかったけれど。

「いっぱい嘘ついたよな、明ちゃんオレに。オレのせいですげえいっぱい辛抱したことあるだろ?」

「丈のせいなんかじゃないよ、絶対。それは絶対違う」

「違わねえよ。いいときもよくねえときも、いつも明ちゃん笑って、いいよって。オレバカでずっと気がつかなかった、明ちゃんに嘘つかせてること。気がついたときオレすげえショックだった。オレが明ちゃん我慢させてたことも、オレが全然気づかねえバカだから明ちゃんが沢山我慢しなきゃなんなかったことも」

「僕は本当に納得できないものなんか一つも選んでないよ」

「違う、いつも誰かのために、自分はこれでいいって思ってるだけだ。何も選んでないんだ明ちゃんは。自分の幸せを大事にしてない、自分の幸せのために何もしてないんだよ!」

言いくるめようと、ずっとそうしてきたように丈を納得させようと明信はしたけれど、荒げられた自分への思いしかない言葉に、もう声を詰まらせることしかできなかった。

「……自分が我慢すりゃみんな幸せになるって、明ちゃんは思ってる。だけど」

いつもやさしかった兄にこんな風に怒鳴ったことのない丈にも、自分の声が跳ね返って胸に刺さる。

「明ちゃんがなんかに耐えたり傷ついたりしたときに」

いつからかゆっくりと、兄がわかり始めて。

「傷つくのも泣くのも、明ちゃんだけじゃねえだろ」

だからこそ出してやろうとした小さな囲いに、けれど丈はもう一度明信を連れ戻したくなった。

「明ちゃんが粗末にしてんのは、明ちゃんだけの幸せじゃねえんだぞ」

囲いの外に出ても兄は、違う誰かのためにまた同じ嘘同じ我慢を、繰り返すだけなのではないかとただ不安で。

「龍兄といたいなら、そんで幸せなら。ちゃんと、オレに教えてよ」

俯いて唇を噛んでいる明信に、真っすぐに、丈は問うた。

「できねえなら、オレと帰るんだ」

大きな、どんなことからでも兄を守る手を。小さなころからそうして来た幼い指の向こうに繋《つな》いでいた手を、明信の目の前に丈が差し出す。

「帰ろ……明ちゃん」

けれど首を振った明信が、もうその手を取ることはないのだということを、本当は丈も知っていた。

「帰ろうよ」

だから余計に、声が細る。頼りない子どものように弱る丈に何も変わらないと明信はまた嘘をついてしまいそうになったけれど、それこそがきっと丈への一番大きな裏切りになることだけはよくわかって。

「……丈の言うとおりだ。僕ずっと、大事にしなかった。だから聞かれても、答えられなくて」

だからもう決して嘘をつかないと、欲しくないものを選ばないとは、それでも言えない。

「わかんないまま、丈と、帰れないよ」

ただ明信は、そうして丈の手を、懐かしいもののように見上げた。

ゆっくりと、その手が明信の視界を去って、降りて行く。

言葉もなく丈は、汗の冷えた体で、花火客の行き交う往来へ出て行った。

「一番痛いのが……あいつなんだな。おまえが、傷ついたとき」

かけられる言葉などあるはずもなくその背を見送って、龍が呟く。

「俺がって言いてえけど、ちょっと図々しいな。それも」

目の前で見てしまった恋人の弟が積み重ねて来たものに敵《かな》うと言うのは難しくて、龍は溜息をついた。

「俺も、おまえに騙されてんのかな」

「……何言ってんの、龍ちゃん」

息を抜いて、明信がレジ台の椅子に腰を下ろす。

「騙されねえように……してるつもりなんだけどな」

隣の椅子を引いて、傍らに龍も座り込んだ。

「騙したりしてないよ」

龍の呟きをちゃんと聞かず、曖昧《あいまい》にされてしまった話を、流さずに明信が唇に呼ぼうとする。

何度も泣いているような丈の声が返って惑ったけれど、確かにさっきは自分の心だと思った言葉を明信は探した。

「龍ちゃんにお父さんになって欲しいのは……本当の気持ちなんだ」

嘘だと、また丈に怒られるだろうか。真弓に泣かれるだろうか。大河は辛そうに、眉を寄せるだろうか。

言ってしまってからさっきより重く、明信の喉に声が張りつく。

「明」

「このままじゃ龍ちゃんはいつまでも、本当に幸せになれない。龍ちゃんは身軽だって笑うけど」

咎める龍の声を聞きながら、その肩に今度は明信は添わなかった。

目を伏せると夜に魘《うな》される、龍の苦痛が明信の耳に返る。逝《い》ってしまった子を重ねて、赤ん坊に触り難くしている龍の指先が目に映る。

「本当は沢山、持っていたかったんだよ……きっと。お母さんにも、ここに戻って来てもらって」

もう一度龍に与えて欲しいそれらのことは、どうしても明信には齎《もたら》すことができないものだった。

　今は少しでも龍を、慰めていたのだとしても。

「……尚美《ひさみ》を見ちまったからな、おまえは」

　そうすればきっと完全に救われるのだろうという明信の思いが何処から始まっているのかを悟って、小さく、龍は遠い昔に自分の子を身ごもった女の名を口にした。

「確かにあいつは、ガキができたことでちゃんと立ち直ってた。見せねえとこに、まだ辛えこともあるのかもしんねえけど、前向いてたよ。俺もガキができたらああいう風になれるはずだって、思うんだろう？」

　問われて、俯いたまま明信が頷く。

「でもな、俺と尚美は同じもの失くしたけど……埋め方はそれぞれだと、俺は思ってる。あいつはきっと、いい母親になるだろうけど」

　自分の胸の底にあるまだ誰にもはっきりと教えていない不安を、告げようかどうしようか龍は迷った。

「明」

　教えるのは明信の袖を引くことになるようにも、思える。

「俺、ガキがこええんだ。情けねえけど」

　その意気地の無さを、はっきりと教える情けなさも龍をためらわせた。

「やっぱどうしても、思い出す。あんときのこと。親になれば癒《い》えるってのもわかるけど」

けれど情けなくとも、その怖さがいつまでも胸から抜けないのは本当のことだ。

「癒えなかったら、どうなる？　生まれちまったガキに、俺、ちゃんと向き合える自信がねえんだ。あんときの子どもが育ったらこんなかとか、きっと始終考えて。ガキはみんな、俺を恨むんじゃねえのかとかって。俺に似てどうしようもねえガキに育ったら、自分見てるみてえで我慢できなくなって殺しちまうかもしんねえ」

「そんな……」

「自分のガキなら別だってよく言うけど……わかんねえだろ？　口もろくにきけねえような自分のガキ、死ぬまで殴ったり蹴《け》ったりする親だって沢山いる」

考え過ぎだと、言いかけた明信を遮って、龍が先を続ける。

「自信ねえんだ、俺。こんな気持ちのまま、親になんかなれねえよ」

頼りない、痩《や》せた声を、目を伏せて明信は何も言わず聞いた。

思いもしなかったことだった。明信にとって子どもはいとおしい、ただ喜びを連れてくる温《ぬく》もりで。丈や、真弓や、尚美や理奈の腕の中に抱えられた、幸福の証しのようなもので。向き合えないのではと案ずる気持ちをすぐに理解することは難しかったけれど、ふと、秀や、勇太の両親のことを明信は思った。そういう者が、いない訳では決してない。

「だけどそのこととおまえのことは別だ。おまえがどうしたいかは、おまえが決めることだ。

明」

だからといってずっと自分の側にいなければならないということではないのだと、龍は明信に教えた。

「俺に所帯持って、親父になって欲しいって」

ふっと、龍は明信から身を引いた。

「それが……おまえの本当の気持ちか？」

向き合って、肩に触れて、瞳を覗《のぞ》いて問う。

「おまえの望むことなのか？」

いつの間にか外の日は暮れて、最初の花火が盛大に鳴り響いた。一瞬の閃光《せんこう》が、暗い店の中にも届く。

——オレたちは……オレはさ。明ちゃんが本当に幸せならいいんだよ。

ちゃんと答えられないから、皆が龍を責める。嘘をつくから疑うのだと、明信は希いを探るようにただ己の手元を見つめた。

怖いと、龍は言うけれど本当にそうだろうか。龍が本当に、子どもを叩《たた》くだろうか。真っすぐに見られずに逃げ出すだろうか。

いや、そうはしない気がする。きっと負えると思うから誰もが、親になれと、龍に教えるのだろう。それがきっと、龍を救う一番の手立てだろうからと。

多分誰よりも明信は、龍が救われる日を待っている。それが明信の幸いであることにも、間違いはないのだ。

あんな風に弟は嘘を咎めたけれど、自分が欲しい青いものを得るより、丈がその欲しかった青いものを得て喜ぶ姿を見る方が、明信には幸福だった。それでも、自分だけが誰かに青いものを渡したい訳ではないことは知っている。だからそれは自分のエゴで、自分の生き方なのだと、明信は思うようになった。

そんな風にずっと自分の意志で、誰かの望む幸いを、明信は選んで来たつもりだった。

――何も選んでないんだ明ちゃんは。自分の幸せを大事にしてない、自分の幸せのために何もしてないんだよ！

けれど丈に言われたように粗末にしてきた自分の希いが、大切な人のための希いと大きく離れたとき、どうすればいいのか考えたこともなくて。

「龍ちゃんは」

見失いそうになる。誰かを幸せにするすべが、わからなくなる。それが自分の幸せのために何もしてこなかった報いなのかと、必死に明信は手元を追った。

「今度こそちゃんと、お父さんになれると思う。そうして欲しいんだ」

それでも心の底から自分がそれを願っていることを、明信は疑わない。弟に青いものを渡したいから緑を選んだ気持ちが、自分にとって決して嘘ではなかったように。

「それが……僕の願いだよ」

願った唇の奥で何かもう一つの、それも確かに嘘ではない願いが、酷く掻《か》き毟《むし》られて痛みに泣いたとしても。

「……おまえの？」

「うん……」

それが自分の育ててきた、粗末だけれど、多分愛するということなのだと。

全てを告げることはせずに、明信は頷いた。けれど胸の底に閉じ込めた望みから押し込んだものが溢《あふ》れて、涙に変わりそうになる。

堪えて、明信は頬の内側を噛《か》んだ。こんなときに泣いたりしたことはない。泣けば本当は青が欲しかったのだと知られてしまう。青を渡したいなら、泣いてはいけないのだ。

深く俯く明信に右腕を伸ばして、龍は微かに震える髪を抱いた。左手で眼鏡を外して、胸に、その瞳を抱き寄せる。

恋人が育てて来たその愛するという思いが、決して涙には変わらないことを、龍はぼんやりとわかっていた。

それでも堪えようとする震えが伝わるごとに、今まで乞《こ》わずにいたそれを、声にしてしまいそうになる。

このまま、一緒に暮らさないか。ずっと側にいて欲しいと。

何度も言いかけて、けれど龍はそれを口にするのを己に禁じていた。丈に言ったように、まだ始まったばかりの明信の行く先を塞《ふさ》げないという思いの他に、より強く、龍の袖を引いてそれを言わせまいとするものがある。

いつからか、愛されるごとに施されるその嘘を、恋人の弟と同じように龍も気づいていた。多分明信自身さえ騙してしまうのだろうその巧みな嘘と笑顔に、騙されないように、龍は恋人を見つめて来た。

今、止どめられて決して毀《こわ》れない涙の下に、多分もう一つの明信の願いが、彼自身の幸いが在る。

それを暴いて、その望みのとおりに従えと、本当は声にしてしまいたい。けれど自分が指さしてしまえば、明信は今まで通りに、誰かの望んだことを選んだだけになってしまうのだと、龍は唇を嚙んだ。

それに龍もはっきりと、その願いが在ると言い切れるほど自惚《うぬぼ》れられない。

恋人が本当は、ずっと自分の傍らにいたいのではないかと。そう思うほどには。

「……俺、ガキのころさ」

後ろに花火の音を聞いて、龍は静かに、明信の背を摩《さす》った。

「どうしようもねえガキで、我慢がきかねえガキでさ。我慢なんかした例《ため》しがなかった。んなことしなくてもなんとでもなるってよ、思って。今でも……こらえ性ねえだろ？　俺」

その生来の性分のままに、いいから自分を信じてここにいろと、迷う明信の手を龍は何度も、強く引いてしまいそうになった。

「だけどおまえといるようになって」

そうしようとする己の腕を、止めるのは龍には力が要った。

「ようやく、わかった気がした。俺が我慢しねえ代わりに、誰かが我慢してたんだな。誰かが、黙って堪えてた。おまえみたいに」

けれど長いことそうやって生きて来た、きっと自分でも何が嘘とわからないことさえあるのだろう明信が、そこに自分の幸いが在るといつか指さすのを。

まるで得手ではないけれど何も強いることなくただ待とうと、龍は決めていた。

「俺、変わるから」

大きな両手で、苦笑して龍が明信の頬を包む。

「もう少しマシな人間になって、おまえを……待つよ」

額と額を合わせて溜息のように龍は、今はまだ何も約束できないもう一つの訳を教えた。

「……な?」

問うように呼ばれて。

何を、龍が待つと言ってくれたのか、本当は明信にはよくわからなかった。

けれど微かに、頑《かたく》なさが溶けるのを、胸の奥で感じる。ほんの少し、何かが溶け出していく。

それはずっと、自分の大切な核だと明信は思い込んでいた。どうしても潰《つい》えることのないそれを認めてやることが自分が立っている唯一のすべだと、長いこと疑わなかった。

それが今、龍が触れたところから僅《わず》かに溶けた。

「龍ちゃん」

一度も、告げていなかった言葉があることを、明信は思い出した。

「好きだよ」

今はそれがたった一つ、明信には嘘のない言葉で。

「……知ってるよ、バカ」

不意の告白に、照れて龍が笑う。

同じ言葉を告げようとした唇が急いて、明信の唇に触れた。両頬を捉《とら》えていた腕が強く、明信を抱きしめる。

そのまま約束を刻んでしまいそうになる肌を、龍は留めた。

疑いようもなく離れ難い皮膚の一つ一つを、それでも解いて。

もう客が来る気配のない店を、丁寧に二人は片付けた。鍵を掛けてシャッターを閉めて、家々の軒先に縁台が出た通りに足を踏み出す。

頭上に大きな花が咲いて、何処かの翁《おきな》が屋根から「玉屋」と叫ぶのに二人で笑った。

近づけば人が混んで、少し惑えばはぐれてしまいそうになる。

暗闇にどちらからともなく手を繋いで、花火を見上げて。
まだ約束のない往来を、二人は歩いた。

末っ子の珍しくも悩める秋

いつも何処《どこ》か濁ったような東京の空もきっちりと晴れて、まだ残暑居座る中竜頭《りゅうず》町にも秋の気配が漂う。ようやく静かな日曜の昼下がりなどというものが帯刀《おびなた》家にも訪れたかのように見えたが、珍しく人の揃《そろ》った居間はしんと静まり何か空気が澱《よど》んでいた。

横たわりながらテレビで格闘技の中継を見ていた三男丈《じょう》が、その静けさに限界を迎えて不意に立ち上がる。ぴくりと皆の肩が揺れて、何もせずただ飯台の前に座っていた次男の明信《あきのぶ》が、責めて丈を見上げた。

「何処行くの」

「……ちょっと、パチンコに」

「こんなときにパチンコ？」

声を潜めて、明信が行かせないと丈のジーンズの裾《すそ》を掴《つか》む。

「家族ならここに居ろ」

明信と同じくただ飯台の前に座って黙り込んでいたウイークデーの疲れが少しも抜けない家長で長男の大河《たいが》が、じろりと丈を睨《にら》む。

「だって……オレ居てもさ、役に立たないって。オレ高卒のボクサーだし、受験なんて全然関係ないとこで生きて来たし」

背を丸めて、なんとか抜けさせてもらえないだろうかと丈は皆を見回したが誰も行っていいとは言わなかった。

「関係ないよ丈くん、夢を果たした立派な社会人なんだから君は。みんなで聞いてあげないとね」

いい加減繕いが目立って来たので見かねて洋品店のおかみが五百円で売りつけてくれたレース付きの割烹着《かっぽうぎ》がこれまたとても似合わないSF作家の阿蘇芳《あすおう》秀《しゅう》が、大河の隣でお茶をいれながらうっすらと微笑《ほほえ》む。

仕方なく丈もその飯台につき、また部屋は静まり返った。

皆の視線の真ん中では、末っ子の真弓《まゆみ》が無言で白い紙の上に突っ伏している。

「……明後日なんだよ、提出期限」

くしゃり、とその白い紙を握り締めて、朝から百回は家族が聞かされたことをまた真弓は口にした。

「真弓ちゃん、駄目だよ。紙が」

もはや原型を留《とど》めていないくしゃくしゃの紙を気遣って、秀が真弓の手をそっと止める。

「秀は真弓よりこんな紙が心配なの⁉」

「何むちゃくちゃ言ってんだよおまえ……」

「なんにもむちゃくちゃなんか言ってないもんっ」

見かねて口を挟んだ大河に、きっ、と顔を上げて真弓は見境いのない声を上げた。

「……そうだよね真弓ちゃん。真弓ちゃんはむちゃくちゃなんか言ってないし、僕はもちろんこんな紙より真弓ちゃんの方が百倍大事だよ」

逆らうまいと思いながらその紙をそっと引いて、秀が真摯《しんし》に言って真弓の手の上に手を重ねる。

「なんで真弓と紙と比べるの？　紙より百倍ってどういうこと？　それってその紙が真弓の百分の一の価値ってことだよね？　その紙ってどんくらい大事なの？　ねえ」

「それは……」

「まゆたん」

迫られて困り果てている秀を気の毒に思って、兄の責任で明信は止めに入った。

「その紙は大事な紙じゃないか」

弟の肩に手を置いて、少し気負いが過ぎる大仰な言い回しで明信が微笑む。

「まゆたんの希望を書き込む、とってもとっても大事な紙だよ。そこらへんの紙とは訳が違う」

「……うまい、明ちゃん」

真顔で言った明信に、隣で丈が小さく手を叩《たた》いた。

「でもね明ちゃん」

しかし真弓の変に澄んだ目で見つめられて、明信が自分が踏んではならない轍《てつ》を思いきり踏み締めてしまったことに気づかされる。

「真弓、その希望が何もないんだよ」

飯台の上に手を投げ出して、最近ようやく大人っぽくなったと近所の人からもほっとされている目で真弓は明信を見据えた。

「まゆ……」

「希望がないってすごくない？　英語でホープレスっていうんだよ？　ホームレスにちょお似てない!?」

「落ち着け、一字違いで大違いだ真弓」

突然大きな声を上げて錯乱した真弓の肩を、慌てて大河が抱いて止める。

「希望がないのとおうちがないのとどっちがマシだと思う大河兄!?」

「う……っ」

口から出任せを言うことに慣れていない長男は、真っ正直に考え込んでしまい真弓を余計に絶望へと追い込んでしまった。

「やっぱ希望がないのって最悪だよね!?　真弓子どものころからお勉強するの趣味だったけど、十八年も生きて来てお勉強の他にやりたいことなーんにも思いつかないよ！　何してたんだろ今まで。これってただ生きてたってこと!?」

「人は誰しも皆、ただ、生きてるんだよ。真弓ちゃん」

膝《ひざ》を正して秀が、思いきり真顔で年長者らしい声を聞かせる。

「秀は国文科出て小説家になって勇太《ゆうた》のこと養っておうちのこともして本を読んでる明ちゃんも喜ばせてるよ」

一息に言われていやそんなことないと言う訳にもいかず、秀は無言で後ずさった。

「まゆたん、まゆたん。ごくつぶしはオレだ、オレ。なんつったって食費もろくに入れられねえただメシ食らいの……」

「そうだ、こいつは立派なごくつぶしだぞ。嵩《かさ》もでけえし良く食うし」

身を乗り出した丈にうんうんと頷《うなず》いて、大河が必死に加勢する。

「……兄貴よお」

「丈兄は子どものころから喧嘩《けんか》が大好きで、そんでそれちゃんとお仕事にしたじゃない。高校生のうちからスカウトとかもいっぱい来ちゃってさ……スカウトだよ？　やりたいことから求められて、すごいじゃんか」

「そんな……照れるぜ真弓」

じと、と見上げて言った真弓の言葉に照れた丈の後ろ頭を、無言で大河が思いきりはたいた。

「ま、まゆたん。ただメシ食らいは僕だよ、僕！　何年学生やってると思ってんの」

それならばと、明信が手を上げてごくつぶしに立候補した。

「明ちゃんはいつか学者さんになるんだもん」

しかし真弓は、首を振って兄を見上げる。

「何言ってんの。そんな」

「だって真弓明ちゃんの先生と電話でお話したことあるもん、留学のとき。ゆってたもん、いつか教授になるときのためにもって。明ちゃんもう中学生のときには今の大学行きたがってたって、前にお姉ちゃんがすごい感心してたし」

「ええと……でもね、教授なんてそんな大それたことは僕はとても」

「明ちゃん明ちゃん、話ずれるからそれ」

なんと言ったらいいのかわからず頭を掻《か》いた明信を、丈は肩を叩いて引き止めた。

「それに明ちゃん、高校のころからちゃんとバイトしてたよね。真弓なんてさ、真弓なんてさ」

はたとそのことに気づいて、わなわなと真弓が手を震わせる。

「ごめんなさい。まだ大河兄にお小遣い貰《もら》ってるし」

「それは大河がバイト禁止してたからでしょ？　ねえ」

萎《しお》れて俯《うつむ》いた真弓に秀が、慌てて大河の顔を覗《のぞ》き込む。

「ああ。その通りだ」

「でもよく考えたら明ちゃんは、大河兄と喧嘩して本屋さんでバイトして参考書とか自分で買ってた。真弓甘えん坊だよ……大河兄に全然養ってもらって、その上なんにも目的ないのに高いお金出してもらって大学行くなんてそんなのってそんなのって」

「俺はかなり適当な学部に行ったぞ真弓！」

勝手にどつぼに嵌《は》まろうとする真弓に、慌てて大河は近所中に響くような声で教えた。

「就職もな、結構適当だったんだぞ」

「……出版社行きたかったんじゃないの？」

詳しくは聞いたことのない話だと皆気づき、大河の話に家族が注目する。

「いや、編集にはなりたかったけど倍率高かったし。受けて駄目だったら受かった商社に行くって決めてた。たまたま、受かったからな。大学もそうだ。受かったとこに行ったんだ。いい加減なもんだ。うん」

「……大河兄、それどこじゃなかったもんね」

「え……いやそんなことは……」

長男の進学や就職にあまり選択肢がなかった訳は、考えればすぐに弟たちに知れた。

「こんなのバカみたいに贅沢《ぜいたく》な悩みだよね。なのにごめん、せっかくの日曜にみんな付き合わせて。ほっといていいよ真弓のことなんて……」

と。

この会話を朝から、百回とは言わないが既に朝食昼食を挟んで十回は繰り返している帯刀家なのであった。高校三年生の二学期を迎え、本格的に志望校を決める段になって真弓が本当に何もやりたいことがないということに、数日前にふと気づいてしまったのだ。

常日頃からほとんど悩むということのない真弓の落ち込みは激しくストレートで、滅多にないことなので家族も邪険にはできず堂々巡りに付き合っていた。もとより兄弟はこの末っ子に途方もなく甘い。

だがそれがこの結果を呼んだのかもしれないことには、誰も気づきたくはなかった。

「まゆたん、何も明後日本当に全部決めないといけない訳じゃないから」

これは昨日から三十回ぐらい言っている台詞《せりふ》だが、それでも明信は律義に丁寧に言い聞かせた。

「それにな、取《と》り敢《あ》えず受かるとこで適当なとこ入っておいていいんだぞ。真面目《まじめ》な話。大学入ってから学部や専攻変えることも不可能じゃないんだ。教養課程終われば大学移ることだってできるんだし、な。今は受験のことだけ考えて受かることを目的にしたらどうだ」

「……なんか、兄貴らしいとも兄貴らしくないとも言える台詞だよな。それ」

少々納得しかねるその場凌《しの》ぎではないのかと、小さく丈が不満を聞かせる。

「今そんなこと言ってもしょうがねえだろ」

「だけどよ」

「うん。僕もどうかと思う、そういうの大河らしくないよ。ちゃんと真弓ちゃんと向き合って、納得するまで聞いてあげなよ」

「おまえもなんか言ってやれよ、そしたらよ」

「僕なんて、全然まともな大人じゃないから進路の助言なんてとてもとても」

「それって逃げだろ!?」

「つーかなんで二人が喧嘩始めんだよっ。だーっ、オレには何もしてやれねーっ」

小声で言い合ううちに大河と秀が険悪になって、横で聞いていた丈は頭を掻《か》き毟《むし》った。

「まゆたん、爪噛《つめか》んだら駄目だよ」

考え込むうちに幼児返りを始めた真弓の噛んでいる親指を、明信がそっと取る。

「大丈夫、心配なら一緒に考えるから」

心配げな兄の瞳に見つめられて、真弓は目の端を潤ませた。

「……明ちゃあん!!」

三歳児ぐらいの勢いで、真弓が思いきり明信の首に飛びついて抱きつく。非力な文化系の兄は最近背の伸びた弟を支え切れず、後ろに倒れて真弓の下敷きになった。

「……まゆたん、ちょっとおっきくなったよね……気がついて……」

子どものころと同じ勢いで飛びつかれてはいつか骨の一本も折るかもしれないと俄《にわか》に恐れて、明信が潰《つぶ》れながら小さく告げる。

「何騒いでんねん……」

その明信の背が畳を打った振動が伝わったのか、家族の団欒《だんらん》には参加せず縁側でバースと昼寝をしていた勇太が、ランニングの下に手を突っ込んで腹を掻きながら起き上がった。

「つうか何寝こけてんだてめえっ！　おまえが真弓の話聞いてやんなくて誰が聞くんだよ!!」

半眼の勇太に歯を剝《む》いて、八つ当たりとしか言いようのない勢いで大河が怒鳴る。

「……あんなあ、おっさん」

胡座《あぐら》をかいて背を丸め、頭を落として前髪を掻きながら、勇太は疲れ切った声を上げた。

「俺毎朝聞いてんねん。二学期始まってから。自転車の荷台でぶつぶつぶつぶつぶつ、ずっとやで」

長い溜息《ためいき》を吐いて、勇太がポケットから煙草《たばこ》を取り出す。

「明日の朝も聞くんや……」

堪忍してや、と続かないのは恋人への思いやりなのか、死ぬほど疲弊した声を聞かされて、末弟の兄たちはただ頭を下げる他なかった。

予言通り朝から真弓《まゆみ》の愚痴を聞いた勇太《ゆうた》は疲労困憊《こんぱい》したのか、昼休みの屋上で十秒で弁当を食べ終え眠りについてしまった。

「真弓っ、無意識に人のパン食うなっつの」

代わりにぼんやりと真弓に向き合っていた達也《たつや》が、最上級生の権限で並ばずに手に入れた自分のコロッケパンを真弓が食んでいることに気づいて慌ててそのパンを引ったくる。

「何すんだよ達ちゃん」

「何すんのはこっちの台詞だろが。おまえには先生の作った素晴らしい弁当があんだろ!? そぼろでガンバレとか書いてある弁当が」

「お弁当……達ちゃん俺のお弁当食べた?」

言われて手元の空の弁当に気づき、はたと真弓は辺りを見回した。

「おまえな……腹に聞いてみろっつうの、腹に。おまえが自分で全部食ったんだよ。ぼんやりしてやがるくせに一瞬で!」

堪忍袋の緒が切れて、歯を剥いて達也が上履きでコンクリを踏み鳴らす。

「おなか……なんにもゆわない」

腹を押さえて、真弓は困惑を露《あらわ》に首を振った。

「腹いっぱいだろ。なあ」

「よくわかんない」

「……もう、いい。これ食えおまえ、な」

まともに話すことに疲れて達也が、惜しみながら真弓にコロッケパンを握らせる。

「ったく、ボケ過ぎだぞおまえ。ボケてバクバク食ってたらぶくぶく太るっつの、受験生」

「その言葉言わないでくれる!?」

遠慮なくコロッケパンに噛みつきながら、恨みがましく真弓は達也を見上げた。

「なんなんだよ一体。もしかして受験ノイローゼとかなっちゃってんじゃねえだろうな」

「近いかもしんない」

「嘘《うそ》だろ!?　おまえとノイローゼって竜頭町とリオデジャネイロぐれえ遠いぞ!」

「ちょおムカつく達ちゃん……」

「イテッ!」

幼なじみの率直な感想として秋空に高らかに驚いた達也の腕に、悔し紛れに真弓が噛みつく。

「何しやがんだよっ、コロッケ菌入ったらどーしてくれんだおまえは!」

「……コロッケ菌?　なにそれ」

腕を引いた達也が本気で歯を剥くのに、真弓も思わず吹き出した。

「勝手に噛みついて勝手に笑ってんじゃねえっつの、ったく。……まあいいけどよ、機嫌直ったか。二百円のコロッケパンで」

「達ちゃん結構本気で俺が悩まない人だと思ってるよね……勇太はちょお寝てるし」

短い逢瀬《おうせ》なのに相手にしてくれず爆睡している勇太もついでに恨んで、真弓が瞬く間にパンを腹に納める。

「疲れてんだろ。かなりこき使われてるみてーだぞ、山下《やました》のじーさんとこで。寝かしといてやれよ」

幼なじみの方を咎《とが》めて、達也はそのわがままに顔を顰《しか》めた。

「……そんなに？」

「そんなに」

ふっと意気を落として不安げになった真弓に、思い知れと達也が言い重ねる。

「よくやるよなあ……俺うちの手伝いもろくにしねえぞ。朝の仕入れとか、ハンパじゃなくはええしよ」

少々空腹なまま食料が潰《つい》えて、達也は屋上の金網に背を預けて体を伸ばした。

しゅんとして、真弓が爪先《つまさき》を抱えて逆に背を丸める。

「達ちゃんはさあ」

溜息をついて、小さなペットボトルに秀《しゅう》が詰めてくれた茶に手を伸ばしながら、真弓は達也に向き直った。

「卒業したらすぐ継ぐの？　おうち」

さりげなさを装う余裕などなく、真弓が達也の顔を覗く。

「いやー？　親父まだ全然元気だし、どっかよそで丁稚《でっち》して来いって言われてっからよ。一応就職活動中」

憎らしくなるほど呑気《のんき》な声で、達也は明後日の方を眺めた。

「就職って、何すんの？」

初めて聞く真弓には幼なじみが勤めに出るというのも意外な話で、目を丸くして先を問う。

「車好きだから、車関係だな。販売か製造か。修理」

「……すごいはっきりしてんね」

「修理だろうな。先輩いるとこに入るよ、多分。営業とか、俺向いてなさそうだしな」

いつでも来いと言ってくれている元暴走族の先輩を当てにして、実は就職活動など一つもしていない達也は肩を竦《すく》めた。

「とっとと卒業して車触りてーな。仕事はキツそうだけどよ」

最近持ち歩いている車の雑誌を捲《めく》って、達也がシャツの下の腹を掻く。

「すごいなあ……」

ぼんやり構えているようでかなりしっかり進路が決まっている達也に、尊敬半分寂しくなって真弓は俯いた。

「何抜かしてんだ、おまえは進学だろ。お勉強しろよ、お勉強。なんも考えねえで単語帳めくれっつうの」

「うーん……」

言葉だけでなく尻を叩《たた》かれて、真弓が口を尖《とが》らせて膝を抱え込む。

「だってまだ決めらんなくて、志望校。てゆーか学部とか学科とかさえ決まってないんだよー。ヤバイよ、もうすぐ十月だよ。十月。ホントノイローゼになりそうだよ俺！」

「そりゃまた随分カラっとしたノイローゼで……兄貴たちが行ったとこに行きゃいいだろ」

適当なところに真弓の進路を簡単に決めて、面倒くさそうに達也は頭を掻いた。

「……達ちゃんちょおお座なりだよね。幼なじみが悩んでんのに冷たくない？」

「おまえよ……俺ら何日その話聞いてっと思ってんだよ。誠意も尽きるっつうのいいかげん」

「だいたいなにさ、兄貴と同じとこって。世襲制じゃないんだからさ、学校」

達也の愚痴には耳を傾けず真弓は、優秀だった二人の兄の行った大学をそれでも思い浮かべる。

「……そうだ」

ふと、思い立って真弓はすっくと立ち上がった。考えて見れば自分は、社会見学をさせてもらえる兄たちに恵まれている。

「こんなときこそ末っ子の立場を活用しよ！」

「おいおい……なんなんだよいきなり」

「帰る、俺」

突然の決起に惑った達也を置き去りにして、午後の授業をシカトして真弓はさっさと校門へ走った。

取り敢えずスタート地点、と真弓《まゆみ》は真っすぐ家に帰った。昼時の竜頭町に通行人は少ないが、商店街を通ればまだ早いのにどうしたと聞かれてしまう。裏道に回って、真弓はそっと門扉を押した。

何か中庭から声が聞こえて、ただいまを言わないままそちらに足を向ける。

「……バース」

立ち止まると、縁側から秀《しゅう》の声が聞こえた。そっと覗くと秀は、ぼんやりと縁側に座って膝にバースを抱き上げ、呑気に毛を梳《す》いている。

「今日お夕飯なんにしようか？」

気持ち良さそうにバースは秀の膝に伸びて、相槌《あいづち》も打ってやらずに毛を梳かれていた。

「鶏にしようかな。お肉屋さんで鶏頭貰って来るね。それとも魚のあらと、どっちがいい？

秋は秋刀魚《さんま》かなあやっぱり」

「……毎日二人でそんな濃密な時を過ごしてんの？」

ひょい、と顔を出して真弓は、呆《あき》れた気持ちを隠さずに半眼で秀とバースを見た。

「まっ、真弓ちゃん!!　どうしたのこんな時間にっ」

何が疚《やま》しいのかそれはもう何もかもなのだろうがあたふたと慌てて、勢い秀がバースを庭に落とす。

「……キャンッ」

「あっ、ごめんバース！」

しかし落とされたバースもずっと真弓の兄役だった手前ばつが悪いのか、急に背筋を伸ばして番犬の役割を果たして見せようと意味もなく吠《ほ》えた。

「今ね、午後の一休みしてたんだよ。ね、ね、バース」

「ワン！」

「どうしたの真弓ちゃんはこんな早く。お昼ご飯は？」

学校は？　ではなく何故《なぜ》かご飯はと聞いて、秀が前掛けで手を拭《ぬぐ》う。

「お弁当食べた。社会勉強しようと思って帰って来たの。真弓のことは気にしないでお仕事して、秀」

「そ、そう。じゃあ僕は仕事しようかな。今丁度始めようと思ってたとこなんだよ。遊んであげられなくてごめんね」

きり、と秀も背筋を伸ばし、そのまま窓から中へと姿を消した。

「毎日あんななの？　ねえ」

「クウン……」

問いかけた真弓に、困ったようにバースが俯く。

「……でも思えばおじいちゃんも毎日お仕事してるよね。雨の日も風の日も……大変？」

番犬も立派な職業かもしれないと思い、真弓は居間に鞄《かばん》を放り込んでバースの隣にしゃがみこんで見た。

「知らない人来たらわんわん、って。大変だわん。真弓に番犬は無理だわん」

四つん這《ば》いになるとすぐに腰が痛くなって、番犬はあきらめて居間に上がる。

「まずはお姉ちゃんかな。やっぱり長女だし」

止められているのでほとんど読んだことのない志麻《しま》の本に、真弓は少々躊躇《ちゅうちょ》しながら手を伸ばした。

「これ、本屋さんで良く見るなあ。これが一番売れてるのかな。この本が大河《たいが》兄や明《あき》ちゃんを大学に」

有り難い本なのだと手を合わせて、勇気を出してよく意味のわからないタイトルがきらきらしている表紙を開く。

「『序文にかえて』、あ、なんか堅そう意外にも。『世の中にはヘルスとソープの……違いさえよくわかっていないバカが多すぎる。安全性はもとより、その性的……』……もう読めない」

我が姉がこれを、とやり切れなくなってパタンと本を閉じ、否応無《いやおう》く衝撃を覚えて真弓は前のめりに畳に倒れた。

「お姉ちゃんって何考えてたんだろう……でもきっと家族のためにやりたくもないのにこんなことを」

呟《つぶや》いて、それはあまりにも姉を見くびった見解であることをすぐに思い出させられる。

「……やりたくないことなんか一つもしない人だった。そういえば」

二年会っていないくらいで忘れられるような姉の横暴ではなかった。

「真弓には風俗レポはムリ。でもお姉ちゃんのことは大好きだよ！」

誰にともなくそう宣言して、ついでに仏壇の両親に線香を上げて勢い拝む。

「次は秀かな。どうせちゃんとお仕事なんかしてないんだろうけどさ」

うっかり柏手を打ちそうになった手をすんでのところで止めて、真弓は一旦廊下に出た。

しかし締め切り前の秀に声をかけるのは、実のところ大河からきつく止められている。なになに？と、喜んで仕事を放り出すからだ。

「あんなに仕事の度にストレス溜めるなら主婦に徹しちゃったらどうなのかなあ。そしたらきっとケーキとかいっぱい焼いてくれるのに。……秀、お仕事中ごめん。ちょっと入ってもいい？」

ぼすぼす、と襖《ふすま》を叩いて、部屋の中の秀に問う。

「いいよ、どうしたの？」

これっぽっちの間も置かずに、嬉々とした秀の声がすぐに返った。

「お仕事進んでる？」

「すっごく乗ってたとこだけど、いいよ。どうしたの餡蜜《あんみつ》でも食べに行く？」

「秀……顔に新聞」

すっごく乗ってたという秀の額にはさっきはなかった新聞の印刷あとが写っていて、閉じたワープロの蓋《ふた》の上には額を押しつけられた新聞がクシャクシャになっている。

「また求人欄見てたの？」

「……地球にはまだ他にも僕にできる仕事があると思うんだよ……」

ぼんやりと呟いた秀にさすがに「きっとない」とは言えず、真弓は恐る恐る仕事部屋に足を踏み入れた。

「あのね、やりたいことを見つけるために社会見学したいの。真弓のことは気にしないですっごく乗ってるお仕事続けて」

簡単な湯沸かしポットでお茶をいれようとした秀に手を振って、真弓が新聞を片付けてワープロの蓋を上げる。

光に顔を顰めて、秀はワープロから目を逸《そ》らした。

「僕……なんか悪い病気なんじゃないのかな。最近ワープロ見ると動悸《どうき》がするんだよね」

「乗り乗りなんじゃなかったの？」

「真弓ちゃん……」

しく、と鼻を啜《すす》りながら、仕方なく秀がなけなしの大人げを見せてワープロの前に座る。

「そういえば真弓、秀のご本もまだちゃんと読んだことないや」

キーボードの上に手を乗せたきり動かない秀をいつまでも見てはいられなくて、真弓は部屋を見回した。平凡な和室には本棚からはみ出した書籍が堆《うずたか》く積まれていて、ぽっかりと空いているところにどうやら秀は布団を敷いているようだ。地震があったら一たまりもないのではないかと怖くなって、真弓はこの本の整理を大河に提案しようと心に決めた。

固まっている秀の横に秀の名前が入っていた本を見つけ、早速手に取る。

「お願い……勘弁して真弓ちゃん」

一ページ目から律義に読み始めた真弓に気づいて、秀は耳まで赤くなって本を取り返した。

「なんでー？」

「恥ずかしさで死ねるかもしれないから」

「社会見学なのにー……でも死なれたら困る」

真剣な秀の眼差しにしゅんとなって、真弓が俯く。

「じゃあ……」

大人げなかったかと溜息をついて、秀はワープロの前を空けた。

「続き、書いて見る？」

「え？」

「社会見学なら体験しなくちゃ」

「わー！　すごいっ、小説家体験じゃん!!」

両手を挙げて真弓が、喜んで秀のポジションに膝を移す。

「ホントにいいの？」

「どうぞどうぞ。好きなだけ書いて、沢山書いて」

かけらも躊躇《ためら》いを見せず、秀は両手で真弓の背を押した。

「でも続きかー。前ってどうなってんの？」

「どうせ……四ページしか書いてないからまだ。どうとでも」

やけくそのようなことをいう秀に、真弓がカーソルを前に戻す。学校でたまに使わされているパソコンより随分型の古いそれがワープロだということに気づかず、真弓はくすんだ画面で書き出しを読んだ。

「えーっ、なんで言いなりなのこの人！　信じらんないこんな理不尽な目にあってーっ、殺しちゃえっ、こいつ。えいえいっ」

素直な感想の声を上げて、秀より速いキータッチで真弓が主人公の敵役を五ページ目で軽く抹殺してしまう。

「……これ、いいかも。なんか僕も開眼《かいげん》したよ。真弓ちゃん才能あるよ」

おとなしく隣で眺めていた秀は、二百ページ後に成されるはずだった仇討《かたきう》ちがすっきり済んで仕事が終わったような清々《すがすが》しい気持ちになり、早速それをプリントした。

「な……なにこのプリンター。秀、世間のプリンターが今どんくらい速いのかまさか知らない訳じゃないよね」

蝸牛《かたつむり》並みの速度で丁寧に字を写して行くプリンターの愚鈍さに衝撃を覚えて、真弓が悲鳴を上げる。

「どのくらい速いの？」

「一瞬だよ！　コピー機とおんなじぐらいだよ!?」

「嘘でしょ……でもそんなに速かったら、印刷してる間サボれないじゃない……」

聞かなかったことにしようと耳を塞《ふさ》ぎ、随分時間をかけてプリントされたたった五枚の紙の端を秀は揃えた。

「大河にファックスするんだよ。できあがったら」

「ファックスしたい！」

兄の会社にファックスするというのが嬉《うれ》しくなって両手を挙げた真弓の髪を、秀が笑ってくしゃくしゃと撫《な》でる。そのまま二人は大河の部屋に廊下を越えて移動した。

「なんか……荒れてるね」

そっと襖を開けて、籠《こ》もる煙草の匂いに二人で顔を顰める。仕事をしながら机の前で寝たのか枕がおかしなところに置き去りにされていて、灰皿には吸い殻が堆《うずたか》く積まれていた。

「……勝手に掃除したら怒るかな、大河」

「しちゃえば？」

「でもなんかそれも、最後の一線っていう気がするんだよね」

「うーん。そうかもね、大河兄なんにもしなくなっちゃうかもしんない。それに子どものころ丈《じょう》兄と明ちゃんがよくそれで揉《も》めてた」

話しながら、この家の唯一の文明機器であるファックス電話に秀が真弓を促して紙をセットさせる。

「二人が喧嘩？」

「喧嘩っていうか、見かねて明ちゃんが片付けちゃって。そうすると丈兄が『勝手に掃除しないでよ』とか、『オレはあの状態で何処に何があるか把握してたのに』とか怒り出すの」

「……なんか大河も言いそうだねそういうこと。番号はね、短縮の一番に入ってるから」

「はい。でもね、明ちゃんが片付けないと片付けないですごいことになっちゃって。結局明ちゃんに土下座して片付けるの手伝ってもらってたよ」

「はは。それ、なんか今もそんなに変わってないね。真弓ちゃんはきれい好きだよね、結構。勇太《ゆうた》一緒で、散らからない？」

音を立ててファックスが流れて行くのを眺めながら、秀はふと気にかかって真弓に聞いた。

「きれい好きってゆうか、むさ苦しいのあんまり好きじゃないいんだよね。子どものころとかって結構女の子と遊んでたし。だからさー」

無造作に畳に落ちる原稿を拾って、真弓が束ね直す。

「勇太散らかしたりはしないんだけどね、最近時々お風呂入んないの！　疲れてるからしょうがないけどさあ……まだ半分夏みたいなもんなんだよ？　言わないと髭《ひげ》もそんないしさ親方んとこ行くようになってから、若く見られると損だとか言って。秀からなんとか言ってよーっ」

「なんか……」

その若者らしい願いに秀はふと己の恋人の今朝の姿を思い出して、何一つ不満じゃない上にむさ苦しい姿も結構素敵だと思ったりする自分は、もう色んなことが終わっているのだろうかと悩んだ。

「なんと言ったらいいものなのか」

思い悩んでいるところに、折り返しむさ苦しい恋人から電話がかかってくる。

「編集部からだよ。他からはこの電話に電話こないから、多分」

「出ていい？」

「もちろん。社会見学なんでしょ？」

「わーい。はいもしもし、小説家の人ですー」

『真弓かこれ書いたの⁉　秀と遊んでやるなバカ‼』

喜び勇んで真弓が受話器を取ると、秀まで届くような大河の怒鳴り声が響いた。

「えー、社会勉強中なのにー。そしたら今から大河兄の会社行っていい？」

『駄目だ！　今別冊の荒涼……校了中なんだよっ。秀に替われ‼』

言いつけられて口を尖らせながら渋々と真弓が受話器を差し出すと、秀はふるふると首を振って後ずさっている。

『仕事しろって言っとけ‼』

荒《すさ》み切った声で怒鳴って、大河は電話を叩き切ったようだった。

「だって、秀。こうりょうってなに？」

「……すごく大変ってことだよ」

「そういう忙しいとこが見たいのに。秀、偉い人に電話してーお願いして？」

「僕は、そういうことはちょっと、苦手で」

真弓に腕を引かれて、あまり大河以外の人と話すことのない秀が困り果てて頭を掻く。

「でも……真弓ちゃんが今日ちょっと大河の邪魔してくれると……」

しかしふとあまりに利己的な希望の火が灯って、秀は無意識に電話に手を伸ばした。

「ちょっと……時間が……稼げるかも……」

編集長の携帯の番号が入った短縮の二番を、そっと秀の白い指が押す。

める。

「許して大河」

口では一応謝りながら、秀は真弓の願いを叶《かな》えるべく受話器を抱えた。看板作家にしてはやけにおどおどした口調の秀を、これも見学と横に張りついて真弓が見つめる。

「……よくわかんないけど、きっと秀サラリーマンとかできない人だね」

滅多にかかない汗をかいて電話を切った秀に、失礼かと思いながら真弓は言った。

「あー……うん。そうだね、考えたことなかったなあ。きびきび動けないしね。役に立たなくて、給料泥棒とか罵《ののし》られたんだろうな」

「家事はきびきびやるじゃん。ねえねえ秀、じゃあ秀はSF作家になんなかったら何になった?」

廊下には出たが仕事場に戻る気がないらしい秀の腕にぶら下がって、真弓も一緒に居間に戻る。

「だからそれを今悩んでるんじゃない……」

常に転職のことを考えながら何も思いつかない秀が、溜息をついて真弓を台所の飯台につかせた。

「家政夫かな。大学に残ったか、中学か高校の国語の先生になったか」

「そういえば大学は、好きな先生がいたからって決めたんだよね?」

「そう。大河に……相談して」

概《おおむ》ね知れている経緯に、苦笑して先を濁しながら秀がカステラを切る。

「行けよって、言われて。行ったんだ」

「……行くなって言われてたら？」

目の前にカステラとお茶を置いて座った秀に、遠慮がちに真弓は尋ねた。

「行かなかったよ」

あっさりと、事もなげに秀が答える。

「でもそれは、多分間違いで。大河はわかってたから、ちゃんと」

けれど今はそれが良いことではなかったと知っていることも、秀は真弓に教えた。

「こういう信頼って大河には重荷かもしれないけど、大河は間違わない人だからね……」

すぐには意味のとりにくいことを、ぼんやりと秀が呟く。

「明ちゃんの留学のこととかは？」

「ああ……そういう意味じゃなくて、判断を間違わないってことじゃなくてね。うーん。うまく言えないけど……例えば僕は、勇太がいやだって言うことには結構引いて来ちゃった。進学のことも、今は納得したけどもっとちゃんとぶつからなくちゃいけなかったのかもしれないいって、後悔もしてる」

台所の薄い硝子《ガラス》が秋の日差しを通して、秀の髪を透いた。

「勇太が自分でちゃんと決めたことだけど、もしかしたら……他にもっと勇太にとっていい選択があるのかもしれないから、しんどくても限界まで言い合った方が良かった。同じ結果になったとしてもね。それをぶつけるのにはすごく力がいるけど、大河はそういうことに力を少しも惜しまない人だから。疎まれても踏み込んでってくれるでしょ？　本当は誰もそんなことしたくはないいんだよ」

言葉を尽くしてくれた秀に、真弓も大河のどんな一面が語られたのかがよくわかる。

「……うん。でも。真弓はだからって秀が勇太になんか惜しんでるなんて思わないよ」

「ありがと。真弓ちゃん」

頷いた秀は、けれど本当はもっと勇太にしてやれることがあったはずだと悔やんでいるように真弓には見えた。力を惜しまないと恋人の語る兄も、何度もそんな顔をするのを真弓は見たことがあるような、気がした。

「でも僕は時々……全部大河の言うとおりにしたいなって、思うこともあった。それも大河は叱《しか》ってくれるけど」

「……茶化したりしたくないいんだけど、それってすごいのろけだよ秀」

真顔の秀に少し気恥ずかしくなって、真弓がカステラを食んで俯く。

「え？　え、そう？　ごめん、そうじゃなくて何が言いたいかって言うと」

言われて自分でも恥ずかしくなったのか、秀は白い耳たぶを微《かす》かに赤くして笑った。

「真弓ちゃんには大河がいるから、大丈夫だよってこと。大河はいつまでも真弓ちゃんの一番大きいお兄さんなんだから」

不安ならなんでも大河に相談すればいいと、そういう兄がいることを心から羨《うらや》むように秀が微笑む。

「でも……」

子どものころから、真弓にはそれは見慣れた羨望《せんぼう》だった。姉と、三人の兄はそれぞれ何か才に秀でて人の目につき、特に大河は真弓の同級生にも憧《あこが》れるものがあった。それは真弓には自慢だったし、いつでも兄が助けてくれることを疑ったことなど一度もない。

「……どうしたの？　真弓ちゃん」

ふっと、言葉を途切れさせて黙り込んだ真弓の頬《ほお》に、秀の指先がそっと触れた。

「なんでもないよ」

白い指に、真弓は笑った。

伸びた前髪を下ろして真弓は、少しだけ複雑に揺れた瞳を秀に見せまいと俯いた。

渋々と編集長が、この時間なら絶対に駄目だとは言わないがしかし、と出してくれた時間までまだ随分間があって、真弓《まゆみ》は次男三男を巡ろうとふらふらと町に出た。

普段ほとんど乗らない電車を乗り継いで、そう遠くない後楽園《こうらくえん》近くに向かう。大河《たいが》の会社もここなら、丈《じょう》のジムもここに近いし、明信《あきのぶ》の大学にも歩いて行ける。

「……もしかしてうちの人たちって、ものすごく狭い範囲の中で暮らしてるんじゃ」

ここまでが東京、というくらい真弓もこの先に出歩くことがなく、意表をついて青山《あおやま》や多摩《たま》の方の大学にしようかと一瞬思ったが、通うことを考えるとすぐに嫌になった。

「なるほど……みんなそうやって選んだんだね。きっと」

意外に深刻になるような話ではないのかもしれないと不意に明るくなって、何度か覗いたことのある丈の所属ジムの前で足を止める。

高校のころ丈がここに通うようになって、真弓は何度か覗きに来ていた。心配だったが、好奇心の方が真弓には勝っていた。拳を振るう丈は格好よくて、喧嘩ばかりしていた丈がそれを仕事に変えるのは嬉しいことのような気もした。

姉はとにかくどんなことも丈に関しては一通り反対すると決めていたようで、このときも頭から駄目だと言い張った。大河も先の見えなさ過ぎることだと言って反対したが、一番反対したのは意外にも明信だった。

「あ……丈兄だ」

中で汗を散らしてミットを打っている丈を見つけて、真弓は掌《てのひら》をガラスに当てた。

ボクシングが原因で後遺症を残した人の話や死んでしまった人の話を聞いて来て、それまで丈を叱ることさえ稀《まれ》だったやさしい二番目の兄は声を震わせて反対した。丈も明信に言われると弱く、拗《こじ》れて二人はしばらく口をきかなかった。どうしてもやりたいことならと折れて明信はあきらめたけれど、多分今も一度も試合を観に行っていない。

「明ちゃんらしいようならしくないような……見ちゃうと死んでも止めたくなるからって言ってたけど」

リングに上がって、丈が同じぐらいの嵩《かさ》の相手と打ち合いを始めた。軽く流すためにグローブも衝撃の弱いものだということは真弓も知っているが、顔や腹に当たるのを見ていると痛い。

「今は明ちゃんの気持ちの方がわかるかなあ。あんとき真弓、子どもだったんだな」

少し怖くなって、自然と視線が丈から逸れた。けれど息をついて、真弓は真っすぐに丈を見た。

「でもやっぱり丈兄、かっこいいや。明ちゃんも一回くらい、見れるといいな」

止める気持ちも励ます気持ちも、どちらも変わりない家族の気持ちだとも、今はよくわかる。きっと丈は最初からわかっていたから、明信に反対されたときに泣いたのだ。

偶然、真弓は見てしまった。明信と言い合った後に、丈が目の端に涙を滲《にじ》ませていたのを。

「あれ、なんだっけ。ええと丈の」

ぼんやりと見ていた真弓に、ジムのトレーナーが気がついた。

「あ、こんにちはー。ちょっと近くまで来たから、覗きに来ちゃいました」

「なんだなんだ、入ってよ。丈今調子良くてね、仕上がりいいから次の試合は楽しみにしててよ」

「はい。絶対応援に行きます」

言いながら、今まで無理強いをしないでいたけれど今度は明信を誘ってみようと、真弓は思った。どの選手も沢山の後援会の人が応援に来るのに、志麻がいなくなって丈の応援席は少し寂しい。明信が来ればきっと、丈はいつもより張り切るだろう。

「おー、まゆた……真弓。どうした」

ジム仲間の前でまゆたんと呼ぶことはさすがに憚《はばか》られたのか、丁度一区切りついたらしき丈がグローブを外しながら笑った。

「社会見学。進路決まんないからお兄ちゃん巡り。いい?」

「ああ、いいよ。つってもこんなむさ苦しいとこ見学してもしょうがねえと思うけどよ」

「色んなことを視野に入れてみよーと思って」

言いながら真弓が、見よう見まねでシャドーボクシングをして見せる。

「お、さすがオレの弟。筋いいぞ」

「……あれ、丈、お……とうとさん?」

いい加減な拍手をした丈の横から、物見高げな練習生たちが不思議そうに口を挟んだ。

「弟いたっけ？　おまえ」

「あの、いつも応援に来てるちっちゃくてかわいー……」

「妹さんじゃ、なかったの？　真弓ちゃん」

少し伸びた背丈を学生服で包んでいる真弓を上から下まで眺めて、あまり信じたくなさそうに青年たちが問う。

「なんべんも言ったっつうの。真弓は弟だ、弟！」

「どうもー。兄がいつもお世話になっております」

行儀よく頭を下げて挨拶《あいさつ》をした真弓に、彼らは顔を見合わせて頭を掻いた。

「なんか……」

「あ、そう」

「すげえつまんねえ……」

あからさまにがっかりして、青年たちが肩を落とす。

「もしかして真弓ちゃん、ボクシングやる気なの？」

前から真弓を良く知っている一人が、恐る恐る問いかけた。

「さあ。なんか今日見学だって」

「えー？　マジっすかあ!?　無理無理、こんな女の子みたいな子にーっ」

髪をド金髪にした若い練習生が、あきらかに揶揄《からか》いの声を上げる。

「おまえな……うちの弟に」

「ちょーっ、失礼この人！」

先輩風も吹かせつつ丈が凄《すご》むのより早く、真弓が頰を膨《ふく》らませて喚《わめ》いた。

「だって、誰が見たって無理だって。一発でも当たったら俺千円払っちゃうな」

「むっかーっ」

子どものころから真弓は、この手の揶揄いと挑発には慣れていた。しかし慣れているから腹が立たないかというとそんな訳もなく、それでも普段なら流すところだが今の真弓は半ノイローゼでストレスの塊になっている。

「そしたら俺千円貰う！　丈兄、グローブ貸してグローブ」

「ま、まゆたん……だけどよ」

「先輩、まゆたんてなんスカまゆたんって！」

実際誰が聞いても笑いたいだろう丈の口から零《こぼ》れた弟への呼びかけに、遠慮なく若い練習生は笑った。

「この上丈兄のことバカにするつもり!?　もーっ、許せないっ。来いよバカ!!」

丈の手元からグローブを引ったくり、適当につけて真弓がリングに飛び上がる。

「おい、真弓……」

「いいっスよ先輩。自分ミット持って遊んであげますよ、見学に来たんでしょ」

挑発に乗って彼も、ミットをつけてリングに上がった。

「……止めた方が良くねえか。あいつ、ようはおまえに恥かかしてえんだろ。こないだスパーリングで散々やられたもんだから突っかかってきやがって、あの負けず嫌いが」

トレーナーに耳打ちされて、丈も気を揉んでリングに駆け寄る。

「おい、よせよ。真弓は……」

「行くよ！」

コーナーから上がった丈が止める間もなく、真弓はミットをつけている途中の男の鳩尾《みぞおち》に膝を埋めて、さらには右手で股間《こかん》を左手で頬を殴ってマットに沈めてしまった。

「……っ……」

「……真弓は、頭に血が上ると手段を選ばねえんだって」

全てが済んでしまってから、やれやれと丈が溜息をつく。

お行儀悪く真弓は、倒れた男に唾《つば》を吐いた。

「すいません……ガキのころよく痴漢にあったりしたんで、真弓。一応仕込んではあったんスよ」

「いや……いいよ。油断したあいつが悪い」

頭を下げた丈に、他に言いようもなくトレーナーが首を振る。

「まゆたん！　蹴《け》っちゃ駄目だし、股間も狙《ねら》っちゃだめだろ⁉」

「ハンデだよお」

「駄目なんだよ！」

盛大な反則に目を瞑《つむ》る訳にもいかず、頭を摑んで丈は真弓を叱った。

「……ムリ。卑怯《ひきょう》なことしないで力で勝つなんて真弓にはムリ」

「じゃあボクサーは無理だな」

しゅんとした真弓からグローブを受け取って、丈が真弓をリングから連れて降りる。

「ま、殴り合いはオレに任せておまえは大学行けって。明ちゃんとこは見学したのか？」

「これから。……ねえ、丈兄」

紙コップに入った水を練習生に貰って頭を下げながら、ふと真弓は丈に呼びかけた。

「さっきトレーナーさんが、丈兄今調子いいって言ってたよ」

「おー、今回は結構いいとこまで行くぞ」

「そしたらさ、明ちゃん誘うよ。真弓」

喜ぶかと思って真弓は笑って言ったが、何故だか丈は複雑な顔をして答えない。

「んー、いいよ。今回は」

「なんで？」

「オレさ、明ちゃんが来たら」

うまく気持ちを教える言葉を探して、丈が短い髪を掻いた。

「ちっと、緊張すっかも。なんでかわかんねえけど」

結局説明することはあきらめて、丈が笑う。

「でも、一回は観て欲しいけどな。うん。どうせ誘っても来ねえし、言うだけ言ってみてくれよ。そしたら」

「……うん」

話を終わらせた丈の反応が意外で、首を傾《かし》げながら真弓もそれ以上は聞かなかった。

「じゃ、行くね。なんか思いっきり練習の邪魔しちゃったみたいだし」

「おー。あー、まゆた……真弓」

小さな鞄を担いで行こうとした真弓を、躊躇いがちに丈が呼び止める。

「なに？」

「んー、いや。その」

耳の後ろを掻いて、言葉を探すように丈は健やかに良く伸びた背を屈《かが》めた。

「あんま悩むなよ。大丈夫だから」

大丈夫だからと、丈も言う。

「どうにもなんねえことなんかなんにもねえぞ、マジで」

それは秀が言ったのと同じ理由を持つ言葉のように、真弓には聞こえた。

笑んで、深くは真弓は頷けない。

「ありがとね、丈兄。……お邪魔しました。ごめんなさい、お世話になりました」

丈と、練習場に向いて頭を下げて、真弓は鞄を背負い直した。

外に出ようとドアを押すと、後ろから千円札が差し出される。

「持ってけよ」

股間を押さえてぴょんぴょん跳びながら、顔を顰めてさっきの青年が札を翳《かざ》した。

「でも反則だって丈兄が」

「いいよ。俺すげえ油断したから、俺が悪ぃ」

不機嫌そうに言って、男が真弓の手に千円を握らせる。

「じゃ、遠慮なく」

「……カッコわりーよ、俺。最悪」

ぶつぶつ呟いた青年に少し悪いことをしたと反省して、もう一度丈に手を振って真弓は表に出た。

ちらと見ると、丈はもう次の鍛練を始めている。

「お茶《ちゃ》の水《みず》まで……歩いてすぐだよね」

本当に邪魔をしてしまったと溜息をつきながら、それでもめげずに真弓は明信の大学に足を向けた。

「すごーい素敵な校舎ー」

　学生が犇《ひし》めく通りを抜けて大学生気分を味わいながら、真弓《まゆみ》は明信《あきのぶ》が通う大学の大きな煉瓦《れんが》の門を潜《くぐ》った。古い洋風建築の校舎をそのままに残してある構内には他にはない風情があって、真弓は一目でここが気に入った。

「でもこんな賢いとこ真弓受かるかなあ……てゆーか国立……じゃないと駄目なのかなやっぱり」

　明信の成績を思うと不安になって、キャンパスを歩く学生が皆とても賢く見えて来る。私立でもいいと大河《たいが》は言うかもしれないが、できれば真弓も国公立に行って学費を安く済ませたい。

「文系が入るとちょっと弱いんだよね……数学は克服したんだけど」

　ぶつぶつと呟きながら、真弓は標識に従って明信の学部を探した。何学部何学科というところまでは知っているが、それがどんな勉強をするものなのか真弓には今一つわからない。

「でもゼミの名前は知ってるんだ。何度も電話かかって来たもん、先生から。……あ、すみません、国松《くにまつ》ゼミって何処ですか？」

さすがに制服で校舎に勝手に入るのは躊躇われて、手近な学生に真弓は声をかけた。

するとと髭面の大河よりも年上に見える男が振り返って、愛想よくにこにことむさ苦しい笑顔を返して寄越す。

「どうしたの？　坊や」

「坊や……？　まあいいや。あの、兄に用事があって来たんです」

「え、もしかして帯刀《おびなた》くんの弟さん!?」

兄、と言っただけで早い反応を見せて、小さな目を男は大きく見開いた。

「そうですけど……」

「似てるよねえ。すぐわかったよ、こっちこっち、靴のままどうぞ」

喜んで男は、暗い校舎の中に真弓を招き入れる。

「初めて言われた」

明信と似ていると言われたのは意外で、真弓は新鮮な驚きを覚えながら校舎に足を踏み入れた。

「帯刀くんにはねえ、本当に助かってるよ。よく気がつくし、お茶もおいしいしねえ。何より心が安らぐんだよ……」

「……？」

訝《いぶか》しく思わずにはおられず、不審たっぷりに真弓が男を眺める。まるで女性の話をしているようではないかと怪しみながら、真弓は『国松』と書かれた名札を見上げた。

「今ね、新しいスライド作ってるとこだから」

親切に解説しながら、男がドアを開けてくれる。

「もうっ、駄目ですよ！　やめてくださいってば！　やめてください!!」

途端、家ではあまり聞かない明信の悲鳴が耳を裂いた。

「何……騒いでるんだい？」

「田村《たむら》先輩！　宮坂《みやさか》さんたちがスライドにヌード写真混ぜようとしてるんですよ、しかも男の人の!!」

「サブリミナル効果よ。国松絶対ホモっけあるもん、喜ぶに違いない」

訴えた明信の隣でフィルムを作りながら、何か大学と結びつかない派手な女が四人で笑う。

「そんなこと言って……あれ、まゆたん？」

ようやく真弓に気づいて振り返った明信の頭を、女の一人が鷲掴《わしづか》みにして止めた。

「なになにその子っ。付属の子？」

何か嫌な予感がして真弓は後ずさったが時既に遅く、部屋は女の嬌声《きょうせい》に包まれる。女の嬌声なのにそれは、酒と煙草に潰れて異様に低い。

「……こんにちは。あのね、明ちゃん」

「なに明ちゃんって！」

「お、弟です。真弓、用なら学食にでも……」

慌てて明信は真弓を連れ出そうとしたが女の一人に押さえ込まれ、明信が宮坂と呼んだ女が真弓の腕を引っ張った。

「ひ……っ」

「弟さんなの!?　かわいいねえーっ」

香水の匂う胸に抱え込まれて、長い爪で真弓が頬を撫でられる。

「きゃ……っ」

「ぎゃっ、何このかわいらしい生き物!!」

「高校生!?　たまらーん！　すべすべだよすべすべー！」

女たちは寄ってたかって真弓を揉みくちゃにして、あらぬところまで触りまくった。

「あ、明ちゃあん……っ」

「や、やめてくださいっ。弟に何を……っ」

手を伸ばして助けを求めた真弓に、果敢にも明信が手を伸ばし返す。

「黙れ帯刀。あんたのものはゼミのもの、あたしのものはあたしのもの」

しかし女たちは、素気なく明信の手を打ち払った。

「おまえ裸にしてスライド作ってもいいんだぞ。国松は喜ぶよなー、ったく一人でかわいがられやがって」

「それは僕しか真面目に働かないからに決まってるじゃないですか！」

贔屓《ひいき》だ、と揶揄った宮坂に、カッとなって明信が後先を考えないことを言う。

「よくもそういうことが言えたもんだな帯刀」

「痛っ」

伸びた爪の尖った角を、宮坂は明信の喉《のど》に刺した。

留学の話はこの人たちから明信を救い出すためだったのかもしれないと、震えながらその様を真弓が見つめる。

「ごめんまゆたん、僕にはどうすることもできない。不甲斐《ふがい》ない兄を許して……」

「い、いいよ明ちゃん。明ちゃんじゃ逆に食われちゃう」

「もしもの時には命に代えても守るから」

くっ、と唇を嚙み締めた明信などお構いなしに、女たちは真弓かいぐりを続行し始めた。

「弟さんもかわいい系なんだー。兄弟みんな女の子みたいなの？」

「明ちゃん女の子みたい？」

頭を撫でられ言われた言葉がピンと来なくて、真弓が首を傾げる。真弓にしてみれば明信はおとなしいしやさしいが、誰よりも一本芯の通ったところが強い気がして弟として頼りに思うことも多かった。

「女らしいよー、ねえ？」

　宮坂の言葉を聞いて振り返ると、明信は項垂《うなだ》れてピンクのレースのエプロンをさせられている。

「さ、三時のおやつだ帯刀。ちゃっちゃと働け」

「明ちゃんがやるの!?」

「女の人多いからうちのゼミ……」

　おとなしく茶とおやつの支度を始めながら、弟には見られたくなかった姿を明信は縮めた。

「意味がわかんない。女の人他にいっぱいいるのにー」

　うちと違ってこれだけ女手があって何故それでも明信がと抗議をしようとした真弓の口を、慌てて明信が塞ぐ。

「女の人がお台所しなきゃならないなんて、そういう考え方しちゃ駄目だよ。まゆたん」

「フェミニストなんだ、明ちゃん」

　言われれば自分が間違ったことを言いかけたのには気づいたが、明信の必死の形相に押されて真弓は後ずさった。

「そうじゃなくて、怖い目にあうから」

　小声で明信が、真弓の耳元に囁《ささや》く。

「そうよー、よくわかってて帯刀はかわいいかわいい」

　茶を並べた明信の肩を、華やかな爪ががっと摑んだ。

「いい子いい子。ああ、あんたは国松ゼミの花よ！　荒野に咲いた一輪の花。よっ、紅一点。飲みに行くか！　今日」

違う爪が両手で明信の顔を摑んで、濃い口紅を頰にべったりとつける。

「やっ、やめてくださいってこういうことするの！　僕お酒も本当にもう飲まないって言ってるじゃないですか!!」

「んだとーっ、先輩の言うことが聞けないっての!?」

家の十倍は気が短い明信の言い分など右手一つでねじ伏せて、宮坂は左手に煙草を構えた。

「あんたすぐ真っ赤になるから楽しいのよねー。こいつらみんなザルでさ、飲ませてもつまんないんだよな」

「ワクの間違いでしょ。あーはははははっははっ」

一体どこの体育会系の連中なのかと聞きたくなる低い声で大きく、女たちが笑う。

「……お願いします、弟を学食に連れて行かせてください」

もう半泣きになって手の甲で涙を拭いながら、それでも明信は弟だけは守らなくてはと訴え出た。

遊ぶのに飽きたのかよしと御墨付きを貰って、気が変わらぬうちにとエプロンを取って校舎を飛び出す。

「明ちゃん……毎日あんななの？」

何も言ってはいけないかと思いながらも言わずにおれるような真弓ではなく、すっかり打ちひしがれている兄の手をそっと取って尋ねた。

「……あの人たちは毎日学校には来ないから」

答えにならないようなことを言って、明信が溜息をつく。

「なんか奢《おご》るよ。なんでもまずいけど、それも体験だよね。学校見学なんでしょう?」

「わーい！　ラーメンがいいな」

学食に足を向けてようやく笑った明信にほっとして、真弓は大きく笑った。

「よしなさい輪ゴムの味がするから。カレーか、お蕎麦《そば》なら少しはマシだよ」

「よー、帯刀。なんなんだそれ」

ふらふらと歩いている白衣姿の男が食券売り場の前で二人を見つけ、明信が引いている真弓の手を指して笑う。

「弟だよ。真弓、僕の同級生」

恥ずかしそうに繋《つな》いでいた手を解いて、ご挨拶しなさいと明信は真弓の背を押した。

「こんにちは。いつも明……じゃなくて兄がお世話になっております」

「おお、いい挨拶だ。中学生?」

「……こ、高校三年生だよ。受験だから学校見学に」

普通に尋ねた同級生に、明信が慌てて手を振る。

じっとその同級生の顔を見上げて、自分からすれば随分お兄さんだと思っていた明信が、どちらかと言えば幼い容姿なのだということを真弓は初めて知った。

「それでわざわざこのまずい学食に連れて来たのか。まあそれも経験だな。よし、おじさんが食券を奢ってやろう。何がいい？」

「いいよそんな」

おじさんと言われても異存はない男が札を自販機に入れようとするのに、首を振って明信が肩を押している。

「いいだろ。俺一人っ子だからそういうの新鮮だ、俺にもかわいがらせろ」

「だめだめ、かわいい弟にとても近づけられないよ」

「言いやがったなこの」

ふざけて言った明信の首を、男が強く押さえ込んで笑った。

それは酷《ひど》く不思議な光景で、ほとんど家に友達を連れて来ることのなかった明信のごく普通の学生生活に真弓は目を瞠《みは》った。

「ま、好きなもん頼め。おじさんは遠慮して上のカフェテリアでクリームライスでも食うさ」

「……ごちそうさまです」

自販機に札を入れたまま行ってしまった男に、慌てて真弓が頭を下げる。

「クリームライスってなに？」

「チャーハンにクリームシチューをかけたもの」

尋ねた真弓にまずさを顔に映して明信は答えた。

「あいつちょっと味覚がおかしいんだ」

「明ちゃんのお友達？」

適当な定食のボタンを押した明信に、真弓が問う。

「？　……そうだよ？」

「なんか……」

それきり問いを止めた真弓に首を傾げながら、明信は定食を貰うカウンターを案内してくれた。機嫌の悪そうな職員が厨房《ちゅうぼう》から愛想なく定食を出してくれるのを取って、混み時を外した学食の窓際に席を選ぶ。

「なんか、なに？」

「ううん、なんでもない」

席について改めて聞いてくれた明信に、真弓は首を振った。

煉瓦敷きの中庭には欅《けやき》が生い茂って、緑色の木漏れ日を揺らしている。秋の澄んだ風が、時折葉擦れの音を聞かせた。

「明ちゃんの大学素敵だねえ。いただきまーす」

しみじみと呟いて、真弓が定食のみそ汁に口をつける。

「……っ……」

「まゆたん。僕たち普段どんだけおいしいもの食べてるかここで噛み締めてくといいよ」

「……秀《しゅう》、もうあのまんま大河兄のお嫁さんになってくんないかな。どうにかして」

　朝も夜も昼の弁当までも、丁寧にダシから取ってある秀の作る食事しか食べていない真弓は、煮干しの残りかすとしかいいようのないみそ汁に泣きそうになった。

「最近は私立とかだとおいしいとこもあるみたいだけどね。うちには改革の波は来そうもないよ。でもどうしたの急に、どっか興味のある学部があるなら誰か紹介するよ」

「え……えっと、ううん。違うの。お兄ちゃん巡りなの。ごめんね突然来て」

「そっか。でも大学の雰囲気とか見ておくのはいいと思うよ。あと最近は東京校舎って言いながら一、二年が神奈川《かながわ》や埼玉《さいたま》の果てだったりすることあるから、よく調べるんだよ。一人暮らしする気ないでしょ？」

「……ない。全然ない」

　ふるふると首を振って、真弓がなんとか定食のご飯を口に運ぶ。

　特に騒がずおとなしくぱさぱさのご飯を食べている明信は、こうして大学で見ると少し遠く思えて、真弓はふっと寂しい気持ちになった。

「あのね、丈《じょう》兄のとこも行ったの」

「へえ」

切り出した真弓に、明信が笑う。

「今すごい調子いいんだって。次の試合、明ちゃんも観に行ってみない？」

どうしようかと迷いながら、一応、真弓はそれを明信に告げてみた。

「……うーん」

困ったように笑んで、明信が窓の外を眺める。

「丈が一生懸命頑張ってることだから、いつかは。……そうだね、丈がもうこれで最後って言ったら。そのときは行くよ」

だから今度の試合は悪いけれどと、明信は少しだけ俯いた。

「多分丈も、僕が行ったら良くないと思う」

さっき丈が言いかけたようなことを、明信が呟く。

「なんで？」

「みんなが応援してるのに、僕はきっと早く終わって早く終わってって……心配しかできないと思う。それがわかったら、丈は集中できないと思うんだ」

丈が言い切れなかった訳を明信は、わかりやすく真弓に教えた。

「……ふうん」

言われれば真弓にも得心が言って、それが少し羨ましいような寂しいような気持ちを呼ぶ。

「明ちゃんと丈兄って、兄弟なんだなあ」

「みんな兄弟じゃない」

ぽつりと呟いた真弓に、何を当たり前のことをと明信は笑った。

「そうだけど、ちゃんと兄弟の絆《きずな》って感じがするよ。真弓なんてさ、こうやって一方的にみんなに甘えてるだけじゃんね」

言っているうちに段々やり切れなくなって、噎《む》せながらも全部食べ上げた箸《はし》を真弓が置く。

「落ち込まない落ち込まない。まだ高校生でしょ」

「関係ないもんそんなの」

だいたいもうすぐその高校生でさえなくなるのにとまた不安を深めて、真弓は深く椅子《いす》に背を預けた。

「真弓には真弓の、大事な役割があるんだよ。ずっと、僕たちも真弓に甘えてた。わかってない？」

身を乗り出して、俯く真弓の目を覗くように明信が体を傾ける。

明信の言うことが、真弓にもわからない訳ではなかった。

「でも……いつまでもそれを負わなくても、いいんだからね」

少しだけ目線を逸らして、小さな声で明信が教える。

一瞬喉が詰まって、真弓は唇を緩く噛んだ。

「あのね」

ちらと明信を見上げて、弟の顔でいたずらっぽく真弓が笑う。

「こないだ学校で計ったらやっぱりまた背が伸びてた」

「大きくなったもん。僕のこと追い越さないでよ」

苦笑して、明信は真弓の頭を撫でた。

「わかんないよ。もうすぐもうすぐ」

「いつまで弟と楽しく過ごしてんだあ？　帯刀」

睦《むつ》まじい兄弟の団欒に、不意に一際掠《かす》れた女の声が割って入る。

「……宮坂さん」

「早く戻って来ないと本当におまえの写真スライドに混ぜるぞ」

酒のつまみにしか見えない乾きものを手に掴んで、宮坂は真弓に手を振ると学食の窓から出て行った。

「ま……真弓もう行くね。ごちそうさまでした」

「うん、そこまで送るよ」

食器を片付けて、二人で欅の揺れる中庭に降りる。

ゼミの窓からは、女たちが鈴なりになって真弓に手を振っていた。

「まゆたん。……みんなには内緒にしてね」

言いにくそうに明信が、咳払《せきばら》いとともに真弓に懇願する。

「明ちゃんが意外にモテモテだってこと？　にしとく？」

「何も言わないで。お願い」

両手を合わせた明信に言わないよと約束して、真弓は意外に意外だった明信の学校生活を後にした。

「みんな外に色んな社会を持っている……おうちの中って平和なんだなあ」

しみじみと呟いて振り返ると、クリームライスとやらを食べ終えた明信の同級生が学食の二階の外階段を降りて来る。

「もう帰るの？」

真弓に気づいて、白衣姿の青年は手を振って駆けて来た。

「はい、ごちそうさまでした。ありがとうございます」

「はは、何食ったの。まずかっただろ」

さすがにおいしかったとは言えず、笑った青年に合わせて真弓も曖昧《あいまい》に笑う。

「じゃ、気をつけてな。受験勉強頑張れよ、ちょろいちょろいうちなんか」

ぱん、と真弓の肩を叩いて明るく彼は去って行った。

「ちょろいって……言ってくれるなあ、もう」

最後の一言に真弓は膨れたが、友人の弟を気にかけてくれた青年には好感が持てた。そういう友人を、明信が持っていたことが素直に真弓にも嬉しい。けれど元々明信は家の外に人間関係を構築しているような気はしていたが、目の当たりにすると少し寂しい気持ちもあった。

「なんか、大河兄はそういうとこが想像できないや……」

ぼんやりと呟きながら、校門へ向かう。

年の離れた一番上の兄は、真弓が幼稚園や小学生のうちは友達と出掛ける時にもよく真弓を一緒に連れて行ってくれた。今思うと邪魔だっただろうと済まないけれど、兄の友達にも構ってもらって真弓は嬉しかったし、兄のことで知らないことなどないような気がしていた。実際、長いこと大河と真弓の間には秘密らしい秘密はなかった。触れられなかった一つの感情を除いて。

ふと右腕を見ると、入学祝いに大河に買ってもらった時計が、大河の上司と約束した時間の三十分前を指している。

「行ったら悪いかなあ、どうしよう」

何か兄の外の世界を見たくないと邪魔するような気持ちにも迷いながら、取り敢えず真弓は兄の会社に向かって歩きだした。

新宿《しんじゅく》池袋《いけぶくろ》や渋谷《しぶや》と違って、竜頭町《りゅうずちょう》から浅草《あさくさ》、神田水道橋《かんだすいどうばし》は学生か年寄りしかおらず、夜になってもあまり物騒ということはない。

だがまだ夕方にもならない真昼の後楽園《こうらくえん》近くで、真弓《まゆみ》はこの辺りでは滅多にみない立派なチンピラを見つけて足を止めた。

小石川《こいしかわ》後楽園という大きな庭園に入る人気のない並木道で、歩道の縁石に座って煙草《たばこ》を吹かしている高そうな革ジャンを羽織ったそのチンピラは、その上どうにも見覚えがある。

「……こんなとこで何してんの。御幸《みゆき》ちゃん」

幼なじみの、近隣の女子校に通っている剣道の名士に、気が進まなかったが真弓は声をかけた。いつものことだが、御幸は手の先に缶ビールをぶら下げている。

「おまえこそ何してんだよ」

御幸は無類の女たらしのフェミニストで、男は非常に粗雑にぞんざいに扱う。それでも幼いころ結婚を誓い合った真弓のことだけは自分の女の中に数えているらしくいつもやさしかったが、今日は様子が違った。何かに気を囚《とら》われて、少し迷惑そうに真弓を見ている。

「ちょっと大河《たいが》兄のとこ行こうかと思って。邪魔だったら行くよ」

「……いいよ別に。人待ってるだけだから」

冷たさを悔いてか、御幸は縁石を少し空けた。

「すごいねこのレザー、本物？」

隣に座ると性別が入れ違ったようで、その迫力を増させているレザーに指先で真弓が触る。

「飲み屋で知り合った人妻が買ってくれた」

短くなった煙草を吸い上げて、事もなげに御幸は教えた。

「ホストじゃないんだからさ……。そういえば御幸ちゃんは卒業したらどうすんの？」

二丁目かホストクラブかどっちだろうかと、膝《ひざ》に頬杖《ほおづえ》をついて真弓が尋ねる。

「んー？　もう女子体育大に推薦決まってるよ」

何本目かもわからない煙草を噛《か》んで、面倒臭そうに御幸は答えた。

呆然《ほうぜん》と、真弓は御幸の姿を上から下まで眺めた。一年のときから真面目《まじめ》にやって来た真弓にも教師は推薦を勧めたが、学校の枠が決まっていて真弓にとってはあまりいい選択肢ではなかった。しかしこの何処《どこ》からどう見ても高校生には見えないやさぐれたチンピラのような御幸に女子大の推薦が通るなら、もう少しよく考えてみれば良かったとやり切れない気持ちになった。

「御幸ちゃん……煙草もお酒も大人になってからだよ」

「るせーな、女みてえなことガタガタ言ってんなよ」

「……そーゆーこと、勇太《ゆうた》もすごく言うんだよね。俺どういう趣味してんだろ、一体」

歯を剝《む》いて一蹴《いっしゅう》した御幸にいまさらやさしくして欲しいとは思わないが、素気なくされると寂しくもなって真弓が萎《しお》れる。

「あー、悪かった悪かった。おまえ最近イマイチ昔の面影ないからさー、やさしくして欲しか

ったらもっとかわいくして来いよ。頭に花とかつけて」

「御幸ちゃんもさ……中身とか関係なしなんだねホントに」

仲睦《なかむつ》まじかった幼いころがもう信じられず、人を見る目のなかった子どもの自分を真弓は呪《のろ》った。

「ま、いっか。ついでに聞いてみよ。女子大出た後はどうすんの？」

「警察か自衛隊か、体育大の教師か。とにかく剣道のやれるとこなら何処でも」

はっきりした将来をきっぱり語って、苛々《いらいら》と膝を揺らしながら御幸が話を終わらせる。

「……やっぱここかよ、ったく」

待ち人を見つけたのか、煙草を乱暴に缶に押し込んで御幸は立ち上がった。

「あれ？　あの子」

御幸の視線の先に見覚えのある私服の少女を見つけて、真弓も身を乗り出す。

達也《たつや》と一時期付き合っていたその女の子は元御幸の取り巻きで、今日は普通なら学校にいなくてはならない平日だ。それは御幸も真弓も同じことだったが。

少女は前と少し様子の違う化粧で、男に連れられて車を降りて大きなマンションに入ろうとしていた。

「……あいつ最近様子おかしくてさ。真弓、達也にマジで殺すからって言っとけよ」

「まだ達ちゃんのこと引きずってんの？」

駆けて行こうとした御幸に、真弓が尋ねる。

そのまま行ってしまうかに見えた御幸は何故《なぜ》だか足を止めて、酷《ひど》く顔を顰《しか》めて手元を見ていた。

「……いや」

大きな溜息《ためいき》をついて、御幸が髪を掻《か》き上げる。

「なんか、怒らせちまって。こっちも」

呟《つぶや》いて不意に真弓に歩み寄り、両手で御幸は頰を強く引っ張った。

「いはい……っ」

「元はと言えばおまえが……」

言ってから御幸は、まじまじと真弓の顔を見つめた。

「よく見ると全然似てないな」

独りごちて真弓を放すと、御幸は駆け出して少女の腕をぶしつけに摑《つか》んだ。当然連れていた男と揉《も》み合いになったが喧嘩《けんか》慣れしているのは御幸の方で、真弓など声を挟む間もなく男が逃げ出す。

ちらと、少女の顔が真弓の正面に見えた。

あんなにおまえに似てちゃうまくいかねえさと、町会の誰かが言っていた。言われても真弓には少女の何処が自分に似ているのかよくわからない。けれど達也が彼女を連れて来たときは、確かに少し複雑な気持ちがした。寂しいような、微かに嬉しいような。

「待てよ。待ちなって……亜矢《あや》！」

口論になって駆け出そうとした亜矢を、長い手で御幸が抱きしめる。

見ている訳にも行かず、真弓は高架下の大きな通りに足をむけた。

「世の中色々だなあ。人のこと言えないけどさ」

もしかしたら竜頭町には何かホルモンのバランスを狂わせる物質が地下に堆積《たいせき》しているのかもしれないと、公害問題について深く考えてみたりもする。

達也は最終的には女に彼女をとられた悲惨極まりない人になってしまうのではないかと不安になりながら、真弓は大きな通りを歩いた。

「みんな働いてるなあ……」

この辺りは真弓には何をしているのか今一つわからない会社のビルが多く、ビジネスマンの足も早い。高架の下では工事が行われていて、ぼんやりと真弓は足を止めた。

「なんや、真弓ちゃんやないか」

思いがけないところから声がかかって顔を上げると、その作業員の中に勇太の昔なじみのヤスがいる。

「ヤスさん、久しぶりだー」

「ちょっと新宿の方行っとったんや。やっぱこっちの方がええわ」

汗を拭《ぬぐ》って、鶴嘴《つるはし》を担ぎ直してヤスは気ままさを教えた。

「どないしたん、こないなとこに一人で」

「うーん。ちょっと、進路に悩んで放浪中」

「進路？　大学行くんやろ？」

「そうだけど……」

「働くのなんか後からでもなんぼでもできるがな。学校行けるうちは行っとき、わいはもう飽きたで。働くの」

カラカラと笑って、ヤスが胸ポケットの煙草に火をつける。

「でも、勇太がもう働いてるからさ。ちょっと」

「あー、そうか。そうやなあ、心配やなあそら。四年も学生やってられんよなあ」

「……やっぱそう思う？」

実のところそれもかなり不安なところで、あっけらかんと言葉にしてくれたヤスを恨みがましく真弓は見上げた。

「まあ、けど昔とはちゃうやろ」

「昔ってどんな……ううん聞かない聞かない」

幼なじみの口から実際どんな癖の悪さだったのか聞いてみようかと一瞬真弓は血迷ったが、思い直して首を振る。

「なんや、聞きたいんか?」

「聞かないもん。……ヤスさん意地悪だ」

楽しそうに笑ったヤスに、頰を膨《ふく》らませて真弓は俯《うつむ》いた。

「嘘々《うそうそ》。いや嘘やないけど、あんなんやった勇太が今は真弓ちゃん一筋ってとこがえらいことなんやないか。なあ? ま、社会勉強と思って鶴嘴でも振ってきや!」

大きな声でごまかして、ヤスが鶴嘴を差し出す。

「……取《と》り敢《あ》えず振っとく」

これも社会見学、とそれを受け取って、真弓はよろよろしながら鶴嘴を担ぎ上げた。

「こおらヤス!! 何油売ってやがるっ、ぶちのめすぞ!」

途端、ダミ声が飛んで予告と同時にヤスの頭が拳で思いきり弾《はじ》かれる。

「イテッ!」

「ご、ごめんなさい! 俺が邪魔しちゃって……っ」

「賃金貰《もら》ってんだからその分働けボケ! デートは後にしなお嬢ちゃん」

戦力にならないものは男でもお嬢ちゃんなのか真弓を手で追い払って、親方と思《おぼ》しき男がヤスを引きずって行った。

「ごめんな真弓ちゃーん!」

お茶らけて手を振ったヤスの頭が、また景気よく叩《たた》かれる。

「こちとら納期がせまってんだ、遊びに来られちゃたまんねえんだよ！」

もう一度親方が振り返って、真弓に怒鳴った。

常日頃そこそこ品行方正にしている真弓には、見知らぬ大人に頭ごなしに怒鳴られること自体経験がなく、その罵声《ばせい》だけで充分過ぎる衝撃を受ける。

「……なんだかんだ言って温室育ちなんだな、俺って」

強い動悸《どうき》のする胸を押さえて、真弓は長く息を吐き出した。

「ヤスさんにホント悪いことしちゃった。働くって簡単じゃないんだなあ……」

遊び気分で邪魔したことを本当に済まなく思って、一際落ち込む。元々気持ちが弱っているせいで、怒鳴り声がいつまでも耳に残って真弓は危うく道端で泣きそうになった。

「……大河兄に会いたい」

普段ならここで思い止どまっただろうが、真弓は今あまりまともな判断力を持ち合わせていない。

「ちょっとだけだもん」

歩きながら真弓は、幼稚園に上がる前、学校に行った大河を追いかけて自分が教室まで一人で行ってしまって大騒ぎだったという話を思い出した。

時々笑いながら大河がその話をするが、真弓自身はそのときのことを覚えていない。

このぐらい心細かったのだろうかと、真弓は自分が随分小さく頼りなくなった気がした。

「すみません、帯刀大河《おびなたたいが》の家のものなんですが。『アシモフ』の編集部は何処ですか？」

入りにくい大きなビルの玄関に足を踏み入れて約束の相手を見つけられず、退屈そうな受付の女性に真弓《まゆみ》は声をかけた。

「お呼び致しますのでお待ちください」

高校の制服を着た真弓に微笑《ほほえ》んで、受付嬢が電話に手を伸ばす。

「あ、でもそんなわざわざ。だったらいいです」

「あー、帯刀くんの……ええと弟さん？」

そこに丁度、エレベーターから年配の男が降りて来て真弓に声をかけた。

「あれ？　妹さんじゃなかったっけ？　よく写真見せられたんだけどいつも女の子の格好を……弟も妹もいるのかな。さっき阿蘇芳《あすおう》先生からお電話頂いたものです」

愛想よく微笑まれ編集長と肩書の書かれた名刺まで差し出されて、恐縮して真弓が深々と頭を下げる。ここまで来てしまって、本当は帰るべきだったと真弓はいまさら後悔していた。気軽に秀《しゅう》に頼んでしまったけれど、いざビルに入るとさっきの工事現場と変わらぬ仕事をするものしか寄せない空気があった。きっと本当に忙しいときなのだ。

「ごめんなさいお忙しいのに。兄がいつもお世話になっております」

「お、さすがお仕付けがいいねえ」

「あの、僕……やっぱりここで帰ります。図々しくおしかけちゃって、本当に」

「いいよいいよ、大丈夫大丈夫大丈夫全然大丈夫」

何が大丈夫なのかよくわからないということだけが初めてのものにもよくわかる大きな空元気で、編集長はエレベーターのボタンを押した。

「ちょっといつもの姿を見てもらって、そろそろ体の方もよく考えるように誰かに言ってもらわないとって思ってたから。彼もね、いつまでも若くないんだからさ」

しかし自分こそ考えたらどうだと真弓でも言いたくなるような隈《くま》を浮かせて、編集長は立っているのも辛いのか乗り込んだエレベーターの壁に肩を押しつけて寄りかかっている。

「今ちょっと屍《しかばね》タイムなんだけどね、小休憩というか」

意味がわからず促されて編集部を覗《のぞ》くと、静かなのに沢山の人が何かをそれぞれ手に握ったまま机の上に突っ伏していた。

「た……大河兄は？　ぎゃっ！」
二、三歩歩くと爪先《つまさき》に何か柔らかいものが当たって、見ると大河が右手に秀の作ったお握りを握ったまま倒れている。

「大河兄!!　ど、どうしよう……っ」

「大丈夫大丈夫死んでないから。ちょっと気絶してるだけ……だよね」

言いながらふと不安になったのか編集長が屈《かが》んで、大河の喉《のど》に手を当てた。

「よし脈はある。大丈夫大丈夫」

「そんな……っ、大河兄!?　生きてる!?　どうしたの何があったの！」

「ん……んあ？　なんだおまえ、来ちまったのかよ……」

目を擦《こす》りながら大河は起き上がって、残りのお握りを口に放り込む。

「誰が大河兄をこんな目にあわすの!?　ひどいよっ」

手近なお茶を取って真弓は、大河の口に持って行って当てた。

「誰って……そりゃ決まってんだろ」

そのお茶を一息に飲んで、大河が鳴らない電話を振り返る。

「秀ならバースにお庭で今日のお夕飯なんだか聞いてたよ」

まさかあれがこの惨状を作っている締め切り前のＳＦ作家だとは信じられず、真弓は目を丸くした。

疲れ切った大河の青い瞼《まぶた》に、殺意の二文字が浮かび上がる。

「いや……殺人はまずい。殺したら次の原稿が取れねえもんな、生かさず殺さず」

「そんな本当に殺しちゃいそうな顔しないでよ。大河兄と秀の間には、原稿よりもっと大事なものはない訳？」

　愛の感じられない台詞《せりふ》に耳を疑って、真弓は大河の膝に縋《すが》って聞いた。

「今そんなこと聞くな、今」

「だって……そんなんだったら秀はお仕事やめて専業主夫になったらどうかな。仕事が二人の仲を裂いちゃいそうで怖いよ」

「今そんなこと言うなっつってんだろ。いつか考える、そういうことは。……ちょっと抜けるよ」

　みんな気絶していて誰も答えない編集部に声をかけて缶コーヒーを取ると、大河が廊下に真弓を促す。

「突然来てごめん。こんなに大変だと思わなくて」

　隣で俯いた真弓にようやく大河は目を開けて、苦笑しながら髪を撫《な》でた。

「おまえはミルク・ティーかなんかか。コーラは駄目だぞ」

　廊下の自販機に小銭を入れて、好きなものを選べと大河が促す。

「電話したときは修羅場でな、悪かったよ。今日遅くなりそうだし、来てくれて良かった」

「？」

　まるで大河の方が用があるような言い方をされて、真弓は首を傾《かし》げて兄を見た。

「明日だもんな、提出期限」

ゆっくりとオレンジジュースのボタンを押した真弓に、忘れていないと、大河が教える。

「決めらんねえんだろ。こんな大事な時に遠慮なんかすんな」

灰皿の前のソファに腰を下ろして真弓を手で招くと、大河は煙草の端を嚙んだ。

「なんか迷ってんのか？　相談したいことあんならなんでも言え」

疲れた口元から煙を吐いた大河を、言葉もなく真弓が見つめる。

どんな状況だとしても、兄がそうして自分のことを最優先に考えてくれるのを、わかっていて自分がここに来たのだと真弓は己を恥じた。家で見るときより大河は年嵩《としかさ》に映って、本当は今こうして弟の相手をしている場合ではないことは真弓にもよくわかる。

「私学に行きたいの言い出せないでいいんじゃねえのか」

「そんなこと……ねえ、どれかやめてよ」

声が震えそうになって、本題とは関係のないことを、真弓は口にした。

「何が」

「煙草とお酒と不摂生と無理と、絶対早死にするってば」

「ああそりゃ本望だ」

そこだけいつもの軽口と同じに適当なことを言ってライターを鳴らした大河に、真弓が唇を嚙んで俯く。

「……嘘、嘘だよ。煙草やめた、な？」

「嘘ばっかり。いっつも言うもんそうやって」

「ホントホント、ほら。ないないだ真弓。ないない」

「真弓赤ちゃんじゃないもん」

煙草をポケットにしまって子どもにするように両手を翳《かざ》して見せた大河に、ますます真弓は下を向いた。

「真弓があと四年も学校行くから、大河兄そんなに働かないといけないんだ」

何か言っても、自分の言い分は約束につながらないのだと真弓も気づく。宥《なだ》めたり慰めたり、大河はいつでも真弓の気持ちを納めることを優先させた。一人前に向き合ってもらえないのは大河がいい加減なのではなく、真弓が彼の一番小さな弟のままだからで。

「ばーか、おまえが大学行かなくたって俺の仕事の状況はなんも変わんねえよ。むしろ秀が……」

少しはなんとかなってくれたらと詮無《せんな》い愚痴を続けそうになって、大河が髪を掻《か》き毟《むし》る。

「それってずっとこういう無理するってこと？　さっき偉い人みたいな人が言ってたよ。体のこと考えるように言ってくれって」

「そんなに心配すんなって。性分なんだよ、忙しいのが好きなんだ俺は」

案ずることをやめない真弓に笑いながら、大河は左手をソファの背にかけて右手で首を摩《さす》った。

「まあ、だから俺は俺で変わらずだからよ」

口寂しくてコーヒーを開けながら、疲れを流す長い息を大河が吐く。

「おまえな、いいんだぞ本当に」

不意に声のトーンを落とした兄の言葉の意味がすぐにはわからず、真弓は俯いていた顔を上げた。

「納得行くまでよく考えて、好きなようにしろ。私大でもかまわねえし、浪人してもいいんだから」

背を屈めてまた煙草を探しそうになった指を、仕方なく大河が頭に持って行く。

「……こういうこと、言っちゃいけねえのかもしんねえけど」

髪を掻きながらためらいを感じさせる間を置いて、ふっと大河は視線を逸《そ》らした。

「俺、おまえのためだったらなんだってしてやれんだぞ。本当に」

衒《てら》いのない、気負いのない静かな呟きが真弓と大河の間に落ちる。

「だから、どうなっても、何があっても大丈夫なんだからな」

何か、答えようとしながら言えずに、真弓はただ黙って兄のその言葉を聞いた。

何度も聞いたことがあるような気がしたけれど、実際面と向かって言われるのは初めてなのかもしれない。兄がいつでもそう言ってくれるだろうことを、真弓はよく知っていたけれど。

真弓だけじゃない。丈《じょう》も明信《あきのぶ》も、きっと秀も知っている。みんなが大丈夫だからと真弓に言うのは、大河がいるから大丈夫だと、そういう意味なのだ。

「大河兄」

ずっとその一つの頼りを、放さずに行くのだと少し前まで真弓は疑っていなかった。それはおまえの持ち物だからと、幼なじみに言われたこともあった。

「……ありがと。でも」

けれど手を放す日は、多分そう遠くない。

「俺、もう甘えないよ」

もう、互いに別の人の手を、既に取ってしまっている。いつまでも縋ってはいられない。きっとどんな間柄の家族も、いつかはそうして本当は誰もが一人一人だということを知らなくてはならないのだ。

小さく、溜息のように笑って、大河は真弓の髪を癖のようにくしゃくしゃにした。

「……最近。そうだな。ちっと寂しいぞ兄ちゃんは」

触れたら手放しがたくなったように、大河がその髪を抱き寄せる。

「勇太は頑張ってるもんな。それなのに俺に甘えてるとこ見せたくねえんだろ」

多くは語らず、大河は目を伏せた。当たり前のように頼りにしていたものが誰にでも与えられるものではないと真弓が知って、それを負い目のように思ったことは、大河にはただやり切れないことではない。

「随分甘やかしたけどよ、いい子に育ってくれて。俺はおまえが自慢だ」

髪を抱いていた手を、そっと、大河は放した。

「元気でいてくれりゃ俺にはそれで充分だよ。だから」

手元を見ていた目を、不意に、真っすぐに大河が真弓に向ける。

「後はおまえの問題だな」

少しの迷いの後に落ちた言葉を、静かに真弓は聞いた。

すぐには何も、言えなかった。その兄の言葉はいつかはと思っていたけれど、言われると思ったよりずっと心細く真弓の胸に深く沈む。

言葉を放してしまった大河も、いつまでも口を噤《つぐ》んでいた。

「よく……考える」

それだけ言うのが、真弓には精一杯だった。

「そうだな。よく考えろ」

「忙しいのに邪魔して、本当にごめんね。大河兄」

目を見られなくて、早口に言って真弓がソファを立つ。

「相手してやれなくてごめんな。今度はもっと暇なときに来いよ、色々おもしろいもん見せてやっから」

エレベーターのところまで見送ってくれて、大河は真弓に手を振った。

「すみません、帯刀さんちょっと」

途端、何処かから大河を呼ぶ声が響く。

「今行く！　……じゃあ気をつけて帰れよ。寄り道すんじゃねえぞ。今日は遅くなるって秀に言っといてくれ」

「……あ」

伝言して仕事に戻ろうとした大河の背に、覚えず真弓は声を漏らしてしまった。

「どうした？」

急《せ》かされているのに足を止めて、大河が真弓を振り返る。

「……ううん、なんでもない」

笑って、真弓はエレベーターに乗り込んだ。

「じゃ、行くぞ」

見届けて、大河が仕事場に駆け戻って行く。

閉まりかけた扉の隙間《すきま》からいつまでも、真弓はその兄の背を見送っていた。

大学生になれば毎日この電車に乗るのかと、少し高いところを走る電車から夕方の銀色に反射する隅田《すみだ》を真弓《まゆみ》は眺めた。そう遠くはないことなのに、そんな日が来るとはとても信じられない。

「大学生になんか……なりたくないのかな、俺」

ぽつりと窓に呟いて、真弓はその言葉の下に自分のどんな思いがあるのかうっすらと知って俯いた。なりたくないのは、大学生なのではない。きっと。

高いホームから降りて竜頭町に出て、下校時間はとうに過ぎたので真弓は商店街を歩いた。生花店の前に差しかかると、着物姿のきれいな女に花を渡した龍《りゅう》が、釣銭とともに手を握られている。

女が去った後に近づくと、龍の手の中にはその釣銭がそのまま残っていた。

「龍兄、浮気発見」

蹴《け》ってやろうかと思いながら額で背を小突いて、真弓が口を尖《とが》らせて龍を見上げる。

「バカ。後家さんだぞ」

多少はばつが悪いのか小銭を前掛けのポケットに入れて、龍は意味のわからない言い訳をした。

「だから何さ」

眉《まゆ》を寄せて真弓が、じっと龍のポケットを睨《にら》む。

「……明《あき》にわけわかんねーこと言うんじゃねえぞ」

口止め料なのか龍は、その小銭をそのまま真弓のポケットに入れた。

「これは疚《やま》しいということ？」

「疚しくねえよ！　ただおまえが疑ってやがるから……っ」

「龍兄自分で自分の立場追い込んでるよ。あれだね、信用がないから余計にこういう後ろ暗さが増すようなことしちゃうんだ」

冷静に分析して真弓は、何故か今日一日で少し豊かになったポケットの中に手を突っ込む。

「堂々としてないと却《かえ》って疑われるのに」

「何しに来やがったんだよおまえ……もうけーれ。けーってお勉強しろ、受験ベンキョ」

店の中に入ってパイプの椅子《いす》に座った真弓に、花の世話をしながら龍は溜息をついた。

「今日はね、社会勉強の日」

椅子の背を抱いて、ついでのように真弓が龍の仕事振りを眺める。

「……なんだよ、元気ねえじゃねえか。珍しいな」

ポンポンと言い返して来ない真弓の肩が落ちていることにようやく気づいて、龍は振り返った。

「そんなことないよ」

言いながら空元気を見せることもできなくて、真弓が椅子の背に顎《あご》を乗せる。

「社会勉強って、なにして来たんだよ」

「秀《しゅう》の仕事見て、丈《じょう》兄のジム行って。明ちゃんの大学にも行ったよ」

「へえ、どんなだった。あいつ」

あからさまな興味を示して、龍は身を乗り出した。

「びっくりするよ」

目の前に座って煙草を噛んだ龍がなんだか憎たらしくなって、思わせ振りに真弓が間を空ける。

「ちょおモテモテ」

ちら、と龍の目を覗いて真弓は教えた。

「ゼミの花とか言われちゃって。美人のお姉さんとかにこーんな張りつかれちゃって。しかも一人や二人じゃないんだから、いっぱいだよ」

ぎゅ、と自分を抱いて様子を体現した真弓に、銜《くわ》えようとした煙草を落として龍が目を丸くする。

「嘘つくなよ……」

「嘘じゃないもん。その上ね、ぜったいっ、明ちゃんのこと好きってむさくるしい熊みたいな男の人がいた。弟さんですか!?　とか真っ赤になっちゃって、すごいの。てゆうかね、ゼミの中に明ちゃんしかいないんだよね」

「何が」

動揺を隠せずまた煙草を落として、龍は眉を顰《ひそ》めた。

「ふつーに男女を定義したときに、明ちゃんが一番女の人に近い感じだったよ。あんなに女の人いてさ。あの熊の人、かわいそうに普通の女の人が好きなんだよ」

「だからって……」

「ちょっと勘違いしちゃってんじゃないの？　他の女の人があんまり強烈だから明ちゃんが谷間の白百合《しらゆり》みたいに見えてるんだよあの熊。ああいう人って思い詰めると何するかわかんないよー」

煽《あお》るだけ煽って、心ここにあらずの龍の顔を真弓が下から覗き込む。

「心配でしょ。ざまーみろ」

「おっまえよ……俺になんの恨みが」

べー、と舌を出した真弓の憎たらしい顔に、本気で怒る訳にもいかず龍は歯を剥いた。

「だって龍兄、明ちゃんのそういう部分全然心配してないから。そういうのってフェアじゃないじゃん」

言われて、確かにそういう意味では明信《あきのぶ》のことを信頼しきっている自分に龍が気づく。

「俺を落ち込ませるために行ったのか、おまえ明のとこに」

多少は反省しようと思いながらも打ちひしがれて、龍は疲れた溜息とともにようやく煙草に火をつけた。

「ううん、今のはただの八つ当たり。……あーあ、龍兄のこと苛《いじ》めても全然浮上しないや」

「おまえな……」

「明ちゃん、普通の大学生してたよ」

兄を取られたという気持ちがあるせいかいつも遠慮のない間柄の龍だったが、少しは悪いことをしたと反省して真弓が神妙な声を聞かせる。

「嘘かよさっきの」

「本当だけどさ、なんか普通に大学生のお兄さんしてた。友達もなんか、普通の男友達って感じで、当たり前かもしんないけどさ。でもうちにいる時より自然なぐらいで、ちょっと他所《よそ》のお兄さんみたいだったよ」

「……そっか」

曖昧《あいまい》な笑みを、煙とともに龍が漏らした。

「寂しい？」

「バカ、嬉《うれ》しいよ」

首を傾けて問いかけた真弓に、龍が惑わず答える。

「偉いなー、龍兄」

龍の表情の中に確かにやわらかな安堵《あんど》を見つけて、真弓は大きく溜息をついた。

「真弓は、なんか今日はいっぱい寂しかった」

目を伏せて、覗いて来た兄たちのもう一つの生活を、真弓が手元に思い返す。

「明ちゃんには内緒だよ」

「ったく、甘えんぼさんだな。おまえは」

言わないと首を振って、龍は笑った。

「……うん。そうみたい」

そういう役割をいつまでも負わなくてもいいと言ってくれた明信の言葉が、ふと真弓の耳に返る。いつからか真弓も、自分の甘えは振りなのだと思うことがあった。実際は明日からでもちゃんと自立できるような思い込みが何処かにあったのだけれど、それは浅はかな過信だったとしか今は思えない。

「もうしばらくはいいだろ、そのままでも」

「もう十八だよ。あと半年もしたら高校も卒業するしさ」

「そういえばそうだったな……どうすんだおまえ、卒業したら」

そんな現実に今ふと気づいた龍が、何の気無しに罪深い問いを真弓に投げた。

「……だからさ……それが決めらんなくて、社会見学したの」

「そんでどうすることにしたんだ」

「決められないよ一日でなんか」

「そうか。まあ、別に焦ることじゃねえだろ。取り敢えずベンキョして、そんなの後から考えろ。後から」

一応自分も弟のように思っている真弓に、龍が誠心誠意の役に立たない助言を投げる。

「でも途中でなんか違うことしたくなって大学入り直す訳行かないし、浪人もできないしさー。今決めないと、今。焦るよ」

既に散々心配をかけている兄たちにはここまで言えないストレートな焦りを龍には教えて、真弓は椅子の背に頬杖をついた。

「何言ってんだよ、焦ったってなんもいいことなんかねえぞ。こっから先どんだけ時間があっと思ってんだおまえ。どんなことだってできるさ」

「………」

真顔で言った龍に、真弓は無言でその目を見返す。

「なんだよ」

ちょっとかっこよ過ぎたかと、龍は肩を竦《すく》めた。

「龍兄……おやじになったよね」

「おまえ人が真面目に……っ」

溜息をついた真弓に大人げも切れて、立ち上がり龍がその首を抱え込む。

「うそうそっ、ごめん商店街一かっこいいよ！　さすが後家殺し!!」

「人聞きの悪ぃこと言うなこのクソガキ！」

昔はただかわいかったのにとやり切れなくなって、龍は子どものころのように真弓を乱暴に持ち上げた。

「あはは、やめてよもーっ」

「おまえがこんなちんまかったときのことも、俺からしたら一瞬前だぞ。一瞬前」

「一瞬だからこそ今を悩まないとさ」

龍に担がれ、真弓が小さくぼやく。

「それもまあ、一理あるわな。……イテッ」

不意に大きな声を上げて龍は、腰を屈めて真弓を椅子に落とした。

「あいたた……」

「……何やっとんねん。ブッ殺すど、龍」

落とされた真弓が顔を上げると学校帰りの勇太《ゆうた》が、龍の背中を蹴っている。

「……ほんと、何してんの龍ちゃん」

その後ろでは明信が、心底呆《あき》れ返ったように二人を見ていた。

「進路相談に乗ってただけだっつの!!」

蹴られた背を摩って、油断を悔いて龍が歯を剝く。

「おまえになんの回答ができるっちゅうねん！」

「……まゆたん、余計なこと言ってないよね」

揉め始めた勇太と龍の脇でエプロンを着けながら、小さく明信が真弓に尋ねた。

「あ」

言われてから約束を思い出し、さすがに済まなくなって真弓が肩を窄《すぼ》める。

「ごめん。全部喋《しゃべ》っちゃった、明ちゃんモテモテだったよって」

「まゆたん……」

「だって龍兄にもヤキモチ焼かせないとと思って」

「なんにもヤキモチ焼かれるようなこと僕は……」

「明」

勇太を振り払った龍が不意に、後ろから明信の肩に手を置いた。

「俺は何も気にしてねえぞ」

「何もって何?　僕は龍ちゃんと違ってそういう……っ」

微妙に引きつった笑顔で懐の広さを見せた龍に、明信が疑いを感じて瞬時に言い返してしまう。

「俺と違ってってどういうことだ」

「軽くもなければ手癖が悪くもないっちゅうことやろ」

「そうそう、後家さんにお小遣い貰ったりしないってことだよ」

むっとした龍にすかさず、勇太と真弓が口を添えた。

「真弓……口止め料やっただろ⁉」

「口止め料？　なにしてんの龍ちゃん、まゆたんにそんなもの渡さないでよ！」

普段は温厚な明信だが、弟にそんな悪事の一端を担がせたと知れば顔色を変えずにはいられない。

「……こじれまくった」

珍しい言い争いを始めた龍と明信にいまさら真弓は罪悪感が涌《わ》いたが、何か話は次から次へとずれて、もはや何を弁護してやったらいいのかわからなくなった。

「おまえ俺になんも言わんと早退しといて、こんなとこで何しとんねん」

ほっておけと真弓の腕を引いて、店から出ながら勇太は顔を顰めた。

「え、ここはたまたま通っただけ。ちょっとあちこち、見て来たの。明ちゃんの大学とか」

「龍なんかに担がれとるんやないわ。触ると妊娠するどあいつ」

不満を露《あらわ》に勇太が、往来に倒してあった自転車を起こす。

「すごい言われよう。最近いい子にしてるみたいだよ、悪いことしちゃった、俺」

自転車を引きずった勇太の隣を歩いて、真弓は苦笑した。

「後家に小遣い貰ってかいな」

「これだよ。口止め料にせしめた」

ポケットから小銭を出して、掌《てのひら》に乗せて真弓が見せる。

「ジュース買おっと。勇太何がいい？」

「コーヒー」

答えた勇太にコーヒーを、自分にジュースを買って、真弓はそれを開けながらまた隣を歩き続けた。

「……おまえ、何処行くん」

「ん？」

不審に思った勇太に尋ねられ、真弓が口ごもる。

頼りない気持ちはやまず、真弓はできることなら勇太を少し引き留めたかった。けれど真面目に休まず仕事に行っている勇太をそんな曖昧な理由で足止めすることもできないし、仕事場まで連れて行ってくれとも言えない。

「今日、外で待っててちゃダメ？　勇太の仕事終わるの」

それでも帰ると言い出せずに、真弓は遠慮がちに尋ねた。

「おまえ勉強はどないしたん。あんまりサボッとると朝送ってやらんど」

「……今日は見学の日に決めたの。色々さ、みんながしてること見てみたくて」

「俺の仕事場見たかてしゃあないやろ、大学行くのに」

「まだ本当に進学するって決めた訳じゃないもん」

「何言うてんねんいまさら」

拗《す》ねた口をきいた真弓にさすがに呆れて、勇太の口調が荒くなる。

自分でもその堂々巡りが嫌になって、真弓は落ち込んで俯いた。

「ごめん……帰る」

素直に謝って、真弓は家へ踵《きびす》を返そうとした。

「待てて」

けれどその様子のいつもと違うのが気持ちにかかって、勇太が腕を摑んで引き留める。

「……俺中に入れてやったりできんから、そんなら外からおとなしゅう覗いとれや。な？」

少し声をやわらかくして、勇太は帰ろうとする真弓の腕を引いた。

「あんまりかっこのええもんちゃうで。まあ、おまえやったら見られてもかまへんけど」

言い置いて、勇太がそのまま仕事場に足を向ける。仕事場の駐車場に自転車を置いて、その場で勇太は制服のシャツを脱いでTシャツに着替えた。

「飽きたら勝手に帰ってええからな」

そう告げて荷物を纏《まと》めると、勇太は仕事場に行ってしまう。

「おせえぞ勇太！　来る気がねえんならとっととやめちまえグズ!!」

いきなり怒鳴り声が飛んで、真弓は慌てて足台を見つけて格子の高窓から中を覗いた。

「俺が歩かせたから……どうしよう、俺謝った方がいいかな」

でも中に入るのも躊躇われて見ていると、勇太が親方に深く頭を下げている。

「すみませんでした。すぐ掃除します」

それきりそっぽを向いて口をきかない親方に謝って、勇太は自分で仕事を見つけては止まることなく働き始めた。その間にも何度も、真弓には理由のわからないことで怒鳴られたり、時には仕事道具で小突かれたりしている。

やり切れなくなって時々目を逸らしたが、窓から離れられず結局しまいまで真弓はそこを動けなかった。

片付けを終えて大きな声で挨拶《あいさつ》をして、勇太が日の落ちた往来の街灯の下に出て来る。

いつでも感謝している翁《おきな》を少しだけやり切れなく見つめて、真弓は足台から飛び降りた。

「なんや、帰らんかったんか」

窓を一度も振り返らなかった勇太が、真弓を見て驚いたように目を丸くする。

小さく勇太に頷《うなず》いて、自転車を出して来た勇太の横を真弓は無言で歩いた。

「……どないしたん。黙り込んで」

百花園《ひゃっかえん》の前の公園に向かって道を逸れて、随分経ってから勇太が尋ねる。

「ろくなこと言いそうもないもん、俺」

「理不尽やって思た?」

苦笑して、真弓が喉に溜めていた言葉を勇太が口にした。

「俺も」

そして穏やかに笑って、意外なことを真弓に教える。

「毎日ようブッ殺さんなー俺、て思うけど」

話してやれる理由を探すように、勇太は星のない夜空を見上げた。

「なんや、堪えられるねん。しゃあない」

結局は見つからず、勇太が肩を竦める。

「言いたないけど、尊敬しとるからな。あのじーさんのこと。理不尽でもしゃあないねん」

けれどそれだけではあんまりかとわかりやすい言葉を見つけて、勇太は真弓に告げた。

「……すごいなあ。俺あるかなあ、家族じゃない他所《よそ》の人尊敬したこと」

ぼんやりと真弓が、その感情を理解しようとして爪先を長く眺める。

「尊敬するってすごいよねえ……」

親方のことはもちろん真弓も尊敬していたけれど勇太の気持ちがわかるというのはおこがましい気がして、結局誰も見つけられずに真弓は深く溜息をついた。

「俺、何やってんだろ一体」

その弱々しい真弓の声に、少し困ったように頭を掻いて勇太が公園に自転車を止める。

「おうち帰ろうよ。疲れてるでしょ、勇太」

しごかれているところを見てしまっては寄り道は申し訳なくて、立ち止まって真弓は首を振った。

「朝もホントに、送ってくんなくていいよ」

「何言うてんねん……」

何処か潤んだ声で言った真弓の肩を抱いて、勇太がベンチに座らせる。

「こうやって俺が頑張っとんのは半分は自分のためやけど」

言いながら少し躊躇って、勇太は鼻の頭を掻いた。

「半分は、おまえとおるためやろ。うっといこと言わすなあほ」

肩を抱いた手でふざけたように、勇太が真弓の頰を弾く。

「……でも俺はなんにも頑張ってないよ」

「おまえなあ……」

呆れて勇太の声が、途中から溜息に変わった。

「珍しいなほんま、おまえがそんな後ろ向きになるん。どないしたんや」

どうと言われてもすぐには答えられず、真弓が黙り込む。

「今日はどないやったん。あちこち見て来たんやろ?」

「みんな……ちゃんと自分のすること、してた。ヤスさんにもあったよ」

「へえ、どないしとんねんあいつ。最近見いへんけど」

「後楽園のとこの高架下の工事してた。つい話し込んじゃって、ヤスさん親方みたいな人にすごい怒られちゃったよ。真弓のせいで」

「あいつはサボるの好きなんや、気にすんなやそんなこまいこと」

大仰に笑った勇太を真弓は振り返らず、落ち込んだまま首を振った。

やれやれと息をついて、勇太がその横顔を眺める。

「ちゃんと、自分のすることか」

トーンの落ちていたその言葉を、勇太は拾った。

「俺、おまえはしとらんと思わんけどな」

声に似合わないやさしい呟きに真弓は何も答えられず、振り返ることもできない。

「まあ具体的にて言われても俺にはよう言わんけど。……なんか、今までなかったん。趣味とか、クラブとかやらんかったんか」

投げ出さず教師のように生真面目に、正面から勇太が真弓の悩みに付き合う。

「なんにも」

言いながら絶望して、真弓は頭を落とした。

「中学校の時はテニス部入ったけど誰も真面目にやってなくてみんな遊んでたし。あと俺のやってたことって言ったらお祭りの女官ぐらいで……」

思えば夏休みも冬休みも、兄たちの誰かか達也《たつや》たちとただひたすら遊んでいたことを思い知らされて真弓が背を丸める。

「どうしよう。この世に真弓だけなんじゃないのこんな無闇に伸び伸びした青春過ごしちゃったのって」

「……ウオタツがおるやないか」

なのに達ちゃんたらもうしっかり就職先決めてんだよ!?」

なけなしの慰めを言った勇太に、真弓がお門違いの恨み言を聞かせた。

「あー、車好きなんやてな。あいつ。そしたら、なんか好きなもんないんかおまえ」

「勉強」

一つしか答えは見当たらず、趣味と言ってもいいそれを真弓が即答する。

「草葉の陰で親が泣いて喜ぶがな……」

「……学校の先生になろうかな」

「それとこれとは話が別なんちゃうん。それにおまえ」

短絡的な結論に辿《たど》り着こうとした真弓に眉を寄せて、どう考えても生徒に先生扱いしてもらえるとは思えない恋人に、勇太は言葉を選びかねて黙った。

「そんなに勉強好きなんやったら、明信みたいに大学に残ったらええやろ」

名案だと、勇太が大きく手を打つ。

「でも自分でなんか考えたり本読んだりとかそういう好きじゃないから、明ちゃんみたいに大学で研究とかじゃないと思うんだよね……ずっと宿題のドリルやってたい感じだもん。予備校の先生とかが向いてるんじゃないのかな」

「向いとるんかなあ。ようわからんけど、なんも今決めんでもええやんか。そんな急いで」

「けど」

「取り敢えず大学何処にするかだけ今は考えとったらええんやないか。それも大事なことやろ」

先を焦ろうとする真弓に、誰もが言った言葉をお座なりにではなく勇太は言った。

今までも皆、何かのごまかしにそう言った訳ではないことは真弓もわかっている。

「明信のとこはどうやったん」

「入れれば行きたいけど、明ちゃんのお勉強できたのってスケールが違うもん」

今から頑張ってもかなり厳しそうなのが現実で、なら何処にとあれこれ真弓は考えを空回りさせた。

「女の子のいっぱいいるとこに行きたいかなー。女子大とかさ」

ふと思いつきで呟いて、ベンチの背に深く背を預ける。

「……なんで」

少し引き気味で真弓を見て、それでも投げ出さずに勇太は訳を聞いた。

「俺女の子の方が付き合いやすいんだよね、どう考えても。勇太や達ちゃんは別だけどさ、町会のみんなとか」

今日揶揄《からか》われた丈のジムの青年をふと思い出して、真弓が溜息をつく。

「女の子といるの楽なのかな。同化しやすいんだよね」

続けた真弓にさすがに付き合い切れず、勇太の体が少しずつ離れて行った。

「ちょっとお、引かないでよー」

慌てて真弓が、その腕を摑んで引き留める。

「俺……女嫌いやていうたよな前に。今も全然好きやないで、女。つけたりとったりされたらなんぼなんでもほんま考えるで」

「そんなことしたいなんて言ってないよお。女の子になりたい訳じゃないの！」

「……そういうたらおまえ、俺が転校して来たころは女に囲まれとったな。なんや、ほんまはやっぱり女が好きなんかいな」

ハーレムと言えなくもなかった状況を思い出して、それを言われるとどうしようもないと勇太は顔を曇らせた。

「そういう訳じゃないんだけど」

話し出すとくどくなってしまう気がして、余計な戯《ざ》れ言《ごと》を口にしたことを真弓が悔やむ。

「あのさ、俺の場合女の子だと最初から壁がない訳。向こうがね」

でも一度ぐらいこのささやかとも言えないコンプレックスのことを勇太に語ってもいいだろうかと、気持ちの弱さのままに思い直して真弓は口を開いた。

「でも野郎はさ、俺に対してすごい壁作ってくんの。なかなか対等に見てくんないしさ。子どものころはまず『男女ー』てとこから始まったし、中学ぐらいになってからは体育のときとか着替えるとびくってされるしさー。あっちいけとか言われて。修学旅行のお風呂とかも微妙に嫌がられたし。こっちが痴漢になったみたいな気分になるんだから」

「あー……」

言われて、最初真弓がそばにいるだけでも鬱陶《うっとう》しかった自分を勇太も思い出した。女の子扱いにも人それぞれだろうが、どの扱いにしても真弓にして見れば最初の壁であることに間違いはない。

「そういう長年の癖がね、染みついてんの俺も。男は取り敢えず敵だもん。仲良くなっちゃえば関係ないけど……俺お兄ちゃん三人もいなかったらもしかしたら男そのものが嫌いになったかもしんない。結構努力いったからさ、集団生活」

「うー……」

聞いているうちになんとも言いようがなくなって来て、自分も思いきり壁を作った身としては相手ばかりも責められずさりとて真弓は気の毒で、勇太は口ごもった。

「ええぞ、行きたかったら女子大行っても」

「もー入れてくんないよー」

「そやな。もう女には見えへんもんな……てちゃうやろ」

どうしようもないところに話が逸れたことに気づいて、勇太がお約束どおり手の甲で真弓の胸を打つ。

「はは」

「……無理に浮上せんでもええって。空元気は好かん」

笑おうとした真弓の唇に無理を感じて、付き合わず勇太は低く声を落とした。

そんなことないと言おうとしたけれどできずに、真弓が唇を閉じる。

「そんでもおまえ、学校サボッたりせんやん。俺より全然行っとるし、えらいがな。ずっとそうやったんやろ?」

何か積み重ねて来た真面目さを褒《ほ》めてやろうとして、勇太はそんな話を続けた。

「達ちゃんたちいたし、クラス替えの後の最初の一カ月ぐらいがいっつも結構めんどくさかったけど。そんでも……そうだね、休まないっていうか、休めなかったよ」

子どものころからめげない性格ではあったけれど、それでも揶揄いのしつこさに閉口することはあったと、ぼんやりと真弓は思い出した。けれど駄々を捏《こ》ねたりせずに、学校にだけはきちんと通った。

「大河厳しかったん」

「それもあるけど」

問われて、叱《しか》られるから学校を休まなかった訳ではないことに、ふと、真弓が気づく。

今日会社で、真っすぐに自分を見た兄の目を、ぼんやりと真弓は思い返した。

「叱られるより、きついことあって」

誰に何を言われても跳ね返す力は誰に貰ったものなのか、改めてはっきりと思い知る。

「どんなことあっても、大河兄絶対真弓のこと守ってくれたから」

勇太の厭《いと》う子どものころの言葉に戻ってしまっていると気づいたけれど言い直すことができず、遠くを真弓は見つめた。

「苛められた、とか言って不登校とかなったら、大河兄絶対自分のせいとか思ってどん底になっちゃうし」

「……おまえのことは、別やからな。あいつ」

そっと、勇太の掌が真弓の背を庇《かば》うように抱く。

特別である理由を思い出して、真弓が震えないようにと。

「どっちにしろあいつがおったから、おまえそうやって頑張ってこられたんやな」

「うん」

頷いて、けれどそれは今日までのことだと、どうしても気持ちの隅に追いやれない初めて見たのかもしれない大河の目を、真弓は繰り返し手元に返した。

「でも、今日ね」

見なかったことにしてしまおうかとさえ真弓は思ったけれど、あれは兄がくれた、大きな信頼の眼差しなのだ。

俯くことはできない。

それを勇太に告げようとして、真弓の喉が微《かす》かに強ばった。

「大河兄がさ」

「後は……おまえ自身の問題だなって言って」

少し前に自分から思い切っていたはずのことなのに、目に見える手放すものの嵩は大き過ぎて、すぐには認められない。

「俺も、そうなんだなって、思った。もう、俺がどうかなってもさ。誰も、大河兄も、大河兄のせいだとは思わないから」

「……当たり前や」

やんわりと、けれど言い切られて、真弓はほんの少しだけ泣きそうになって唇を噛んだ。

「うん」

わかっていると己に確かめるように一度、真弓は無理に返事を聞かせる。

「俺も、大河兄が心配するからってやんないとかがんばんなきゃって……理由がなくなっちゃってさ」

自分の中に、まだどうしようもなく子どものままでいた部分があったことを勇太に教えたくはなかったけれど、恋人の前で真弓はそのあまりにも重い心細さを隠せなかった。

「やっぱりちょっと、心細いや。自分のためだけにがんばんなきゃなんないんだね、大人んなったらさ」

笑おうとしたけれどできずに、俯いて真弓が声を掠《かす》れさせる。

「なんや。まだまだブラコン卒業してへんな」

「……ごめん」

呆れた勇太の声に、俯いたまま真弓は謝った。

「ったく、しょうもない甘えたや」

けれど言葉とは裏腹に勇太の声はやさしくて、仕事に荒れた指が、真弓の髪を胸に抱き寄せてくれた。

「ごめんね」

「……かまへん」

もう一度謝った真弓を、両手で勇太が抱きしめる。

見せまいとしていたはずの寂しさを埋め尽くすような腕に、真弓は胸に頬を寄せたまま顔が上げられなくなった。

「けど……急に焦ってもしゃあないやろ。あんまり先のことは考えるなや」

髪に唇を埋めて、いつの間にか虫の声の混じる夜の音に小さく勇太が呟く。

「ええやんか、見つかるまでふらふらしとっても。おまえ今まで真面目にやってきたんやし、俺もうすこし真っ当な給料貰えるようになったらおまえの学費ぐらいなんとかしたるわ」

「……そういうこと考えちゃうの？」

考えられもしないことを言う勇太に驚いて、真弓は胸から恋人を見上げた。

「俺おまえがええんやったら二人で暮らしたいもん。まあ、今はそんなでもないかな。……もうちょっとあの家におっても、ええわ」

言い直して勇太が、照れ臭げに頭を掻く。

「……すごいなあ」

もう自分より幾つも年上に見える横顔を見つめて、真弓は息をついた。

「なんかさー、焦るよ」

「あほ、できることしかできへんっちゅうことや」

ぽつりと呟いた真弓に、苦笑して勇太が肩を竦める。

「金の心配すんなくらいしか俺には言ってやられへんてこと」

「それってでも大っきいことじゃん、今の俺にとってはさー。経済力のケの字もないもん。龍兄から脅し取ったお小遣いでジュース奢《おご》るのがせいぜいなんだよ？」

「あんなあ……」

何処へ行ってもスタート地点に戻るような真弓に、段々と疲れて来て勇太は言葉に詰まった。

「ごめん、ほんと」

自分でも仕方のないところにまた還《かえ》ったことに気づいて、真弓が謝る。

「焦ってもしょうがないのわかってるんだけど」

それでも焦りが止《や》まない訳を、真弓は本当は知っていた。

「でも、ちゃんと勇太の隣にいたいしさ」

まだ兄の指の先を掴んでいた自分に比べて、いつの間にか恋人は一人で歩いている。

俯いた頬に、掌で勇太は溜息とともに触れた。

何もそんな風に迷うことはないのにと思いながら言葉ではそれを教えてやれない辛さは、きっと自分も真弓に嫌と言うほど味わわせたものだと不意に勇太が思い知る。何もしてやれない自分も、本当にやり切れない。

「……何言うてんねん。おるがな、今かて」

こうして教え合っていくのだと真弓が言ったことを思い出して、勇太は額に額を合わせた。

「なんも悩むことなんかないて。何してたかておまえはおまえや」

言葉を探せず、当たり前のことしか言ってやれないことを不甲斐《ふがい》なく思いながら、それでも勇太が告げる。

「何してたかて、俺はおまえが好きや」

口はばったい、滅多に言わない気持ちを勇太は教えた。

「大河かておんなし気持ちやで」

きっととも、多分とも言わず、そう言い添える。

——俺はおまえが自慢だ。

勇太のことを思う気持ちを認めて、そう言いながら離れて行った大河の手を、真弓は今ここに在るように感じた。

——元気でいてくれりゃ俺にはそれで充分だよ。

これからもずっと、あの言葉がいくつもの岐路で自分の背中を押すのだろう。先へと、引いてくれる恋人の手を手伝って。

「……うん。そう言ってた、大河兄」

大切にされて育った気持ちが、兄の手から恋人に渡されているのを真弓は見つめるような思いがした。

それは確かに強く守られた心だと、疑うことなどできるはずもない。誰と離れてもそれが、ずっと自分を支えてくれるのだ。

ポケットから取り出した進路調査書を、真弓は折り直した。

「何しとんのや……おい」

紙飛行機にして、夜空にそれを真弓が飛ばしてしまう。

「……考えんのやめた！」

闇の中に落ちた飛行機を見送って、真弓は大きく体を伸ばした。

「悩んでても決まんないもんは決まんないし、今できることやるよ」

「せやからみんな……」

そうしろと誰もが言ったではないかと勇太は呟きかけたが、笑って続きは継がない。

「ま、おまえが自分でそう思わんとどうしょもないからな。何よりや、良かった良かった。けど」

しかし何も飛行機にして飛ばすことはないのではないかと、勇太は調査書の行方を気にかけた。

「……そだね。拾っとく」

さすがに捨てる訳には行かないかと、思い直して真弓がベンチから立ち上がる。

飛んで行った場所をうろうろと探すと、ブランコの下にそれは落ちていた。薄明かりに、それが真新しいものに付け替えられていることに真弓が気づく。

幼稚園の行き帰りに、よくこの公園で遊んだ。軋《きし》むブランコをいくら大きく漕《こ》いでも、大河が見ていてくれれば何も怖いことはなかった。

空を飛ぶように、いつも大きく真弓はブランコを漕いだ。怖いことのない幸いは大きくて、ずっとそのままでいたいという気持ちは、真弓の気持ちの隅にいつも少しだけ居残っていたのかもしれない。

さっきまで側にいたその小さな自分が、不意にブランコを止めて降りた。少年の大河に呼ばれて、迷わず真っすぐにその子は駆けて行ってしまう。

胸から離れた子は真弓の目の前を横切り、夜に消えた。

「俺……ちゃんと大人になるね」

誰に告げるともなく、見えなくなる自分と兄の背を追いながら真弓は呟いた。

「大人になって」

ほんの少し、まだ頼りなく声が揺れる。

「大河兄や勇太が俺のこと助けてくれたみたいに、俺も必ず助けるね」

けれどもう迷わずに、真弓は小さな弟だった自分と完全に、別れた。

拾った紙飛行機をいつまでも手にしている真弓に、勇太が静かに歩み寄る。

「何遍助けられたと思うてんねん……俺の方がまだぎょうさん借りが残ってるがな」

飛行機を摑んでいる指を、勇太はそっと取った。

「だから俺も、ちゃんとせなって、そうできるんやろ」

お互いやと、呟いて勇太が背を屈めて額を真弓の額に合わせせる。

前髪に、瞼に小さくキスをして、街灯の届かない場所で勇太は真弓の髪を抱いて唇に唇を寄せた。

落ちていた真弓の指が、勇太の背を抱く。

久しぶりの長いキスを、抱き合って二人は惜しみながら解いた。

「……帰ろか」

肩に縋っている真弓の背を、勇太が家路に向かって押す。

「ゆうたあ……」

不意に、熱の籠《こ》もった声を、勇太の肩に真弓は落とした。

「お疲れのとこ言いにくいんですけどー」

「なんや」

「エッチしたい」

「……は？」

唐突に呟かれた場違いな単語に耳を疑って、勇太が真弓の髪を放す。

「したい。俺千円しか持ってないんだけど、勇太あと三千円くらい持ってない？」

もう一度言って真弓は、股間《こかん》を殴ってせしめた千円札をポケットから出した。

「謹慎やて言うたやん……」

「もういいって。俺我慢できない。ご休憩行こうよー」

言い放った真弓に、疲れ果てて勇太が背を丸める。

「……おまえはほんまに……時々何考えとるかさっぱり訳わからん……さっぱりや」

真弓の手を引いてさっさと歩き、自転車の荷台に無理やり乗せて勇太は家に向かって自転車を漕いだ。

「しないのー？」

「おまえが謹慎せえ！　大学受かるまではなんもしてやらん。俺は萎《な》えた」

「なんでだよーっ」

「うだうだ言うとらんと勉強せえやっ、勉強！」

言いながらも若い息吹なのでしたいと言われてまったく心が動かないはずもなく、しかしこここは理性で堪えねばと、段々何をなんのために我慢しているのかわからなくなりながらそれでもやけくそで勇太が自転車を漕ぐ。

秋の入り口に夜はようやく涼んで、それでもまだまだ春は久しく遠い竜頭町だった。

あとがき

意外な感じですが、龍と明信が一番ラブストーリーっぽくまとまるような気がします。ラブストーリーというかメロドラマというか。三カップルの中で一番はっきり他人同士だからなのかな。年が離れているからなのか。花が舞ってるからなのかな。

そして二人がこの先どうなるかということも私の中にはぼんやりと結論があるのだけど、それは多分書かないような気がします。ここのところは皆様のご想像におまかせして。

今回の話の最後のところは、ちょっと行ったり来たりしてしまった。もし自分が龍なら（変な想像だなこれも）、明信みたいな選択も強さとして認めたいような気もするし、否定はしたくないなあとか。でも幸せにもなって欲しいし、とか。なんかこう、明信はおとなしいし当たりはやわらかいけど本当は芯が強いのよ……という初期の設定が、生きたのか死んだのか。という花屋の店先でございました。まあ、もう一つ先の未来が、あるといいなとそんな感じでしょうか。ああ全てが曖昧《あいまい》だ！　明信がとても強情なことには間違いはないですが。丈を書くのは楽しかったな。

逆に全てがきっぱり風味の真弓の話は、内容のライトさに反して結構難航しました。それは……シリーズ開始当初高校一年生だった真弓の未来予想図が、いくら考えてもこれだっていうのが浮かばなくて。コンピュータ関係の新しい会社で働いたりするのかしらね、とか。いやきっとそんな感じだ真弓は。そして秀は近い将来きっと原稿を落とすのだろうな……と書きながら嫌な予感がしました。勇太と真弓の話というよりは大河と真弓の話になっちゃったかな。丁度これを書いている頃に雑誌に載っていた二宮《にのみや》さんの描いた大河と真弓がすっごくかわいくて、惑わされました。

そして同時に、ドラマCDがムービックさんの方から発売されます。『毎日晴天！』一巻目のほぼ全編のストーリーに、書き下ろしの「大河兄の知られざる高校時代」がおまけドラマにつきます。

先日、担当の山田さんと二宮さんとアフレコ見学に行かせて頂いたのですが、あの―本当に。心より、是非聞いて欲しいです。正直言って私はCDに関する何もかもが全く詳しくなかったので、企画が進んでいるときもなんだかどういうものになるのかちゃんと理解していなかった気がします。で、アフレコの現場でも、例えばちょっとぐらいイメージが違ったりしても当たり前なんだろうなと思い込んでいたのですが、これが。全然。制作に携わってくださった方々が、ちゃんとイメージを合わせる努力を惜しまずしてくださって、そうしてくださるごとに近づいて行き、「あ、これ私の書いた話だ」と途中ではっと気がついた。

なんもせんでただ成り行きを見ていた己がお恥ずかしい限りです。もしこのCDが原作を好きで買ってくださった方に満足して頂ける内容ならば（きっとそのハズ）、それは作ってくだ

さった皆様のおかげです。なにしろ私は担当の山田さんに、

「どんな感じがいいですか？」

と、問われた時も、

「あ……明るい、感じで」

と、答え、

「それは……明るいか暗いかと聞かれたら私も明るいと答えますよ」

と、山田さんを悲しくさせた。

途中で山田さんは私に意見を求めるのをあきらめた気がします……。

いや、でも私には確信があったのだ。私があれこれ決めるより山田さんに任せた方がいいものになるだろうと。それは本当に。私は時々、山田さんは私よりずっとこのシリーズを大事にしてくださってると感じます。なので今回も安心して預けっぱなしにしてしまっていて、そして出来上がりに感謝するばかりです。

二宮さんにも、本当に同じ大きな感謝です。漫画の連載も続けてくださっていますが、イメージが違うと思ったことは一度もないし、広げて頂いて逆にイメージを貰ったりしています。いつもありがとうございます。今回「花屋」雑誌掲載時の表紙を、文庫に収録できなくて本当に残念。すごくかわいい表紙だったのでどうしても何処かに入れたかったのですが、うまく入りませんでした。それが心残りです。

ちょっと近況なども。近況……。新しい趣味に出会って、これは私が今まではまったものの中でもっとも生産的だと友人に言われています。天然酵母《こうぼ》パンを焼きまくっています。一時期小麦粉と酵母のことばかり考えて生きていました。そんなにパン好きでもないのに焼き続けている理由が、最近はっきりしてきたんですが……。パソコンの前でうなってもうなっても原稿は一枚も上がらないのに、パンは捏《こ》ねて焼けば必ずやパンになるの……。「料理は秀のストレスのはけ口」という設定が、八巻目にしてこういうことなのかと実感できて……もあんまり嬉しくない！　私はもっとしゃきしゃき生きて行こう（新年の誓い）。

次は、できればどっかで達也の話が書きたいなーと、思っています。それと大河と秀の、やっとちょっと蜜月っぽい話も書きたいな。今までが蜜月じゃなかったみたいじゃないかそれじゃ……こう、あんまり悩まず。らぶらぶっと。そんな話を。

そんな感じで、五月発売の『小説Ｃｈａｒａ』で、お会いできたら何よりです。

寒さにもめげず酵母を発酵させながら、菅野《すがの》彰《あきら》この本を読んでのご意見、ご感想を編集部までお寄せください。
《あて先》〒105－8055　東京都港区芝大門2－2－1　徳間書店　キャラ編集部気付
「花屋の店先で」係

■初出一覧
花屋の店先で……小説Chara vol.4(2001年7月号増刊)
末っ子の珍しくも悩める秋……書き下ろし

Chara

花屋の店先で

キャラ文庫

2002年2月28日 初刷
2007年2月25日 5刷

著者 菅野 彰
発行者 市川英子
発行所 株式会社徳間書店
〒105-8055 東京都港区芝大門2-2-1
電話048-451-5960(販売部)
03-5403-4348(編集部)
振替00140-0-44392

印刷 大日本印刷株式会社
製本 株式会社宮本製本所
カバー・口絵 真生印刷株式会社
デザイン 海老原秀幸

ISBN978-4-19-900218-2

好評発売中

菅野 彰の本

【子供は止まらない】

毎日晴天！2

イラスト◆二宮悦巳

保護者同士の同居によって、一緒に暮らすことになった高校生の真弓《まゆみ》と勇太《ゆうた》。家では可愛い末っ子として幼くふるまう真弓も、学校では年相応の少年になる。勇太は、真弓が自分にだけ見せる素顔が気になって仕方がない。同じ部屋で寝起きしていても、決して肌を見せない真弓は、その服の下に、明るい笑顔の陰に何を隠しているのか。見守る勇太は、次第に心を奪われてゆき…!?

好評発売中

菅野 彰の本
【野蛮人との恋愛】
イラスト◆やしきゆかり

帝政大学剣道部の若きホープ・柴田仁《しばたじん》と、東慶大学の期待の新鋭・仙川陸《せんかわりく》。二人は実は、高校時代の主将と副将で、そのうえ秘密の恋人同士。些細《ささい》なケンカが原因で、40年来の不仲を誇る、宿敵《ライバル》同士の大学に敵味方に別れて進学してしまったのだ。無愛想だけど優しい仁とよりを戻したい陸は、交流試合後の密会を計画!! けれど二人の接近を大反対する両校の先輩達に邪魔されて!?

投稿小説★大募集

『楽しい』『感動的な』『心に残る』『新しい』小説——

みなさんが本当に読みたいと思っているのは、どんな物語ですか？　みずみずしい感覚の小説をお待ちしています！

•応募きまり•

[応募資格]

商業誌に未発表のオリジナル作品であれば、制限はありません。他社でデビューしている方でもOKです。

[枚数／書式]

20字×20行で50〜100枚程度。手書きは不可です。原稿はすべて縦書きにして下さい。また、800字前後の粗筋をつけて下さい。

[注意]

①原稿の各ページには通し番号を入れ、次の事柄を１枚目に明記して下さい。（作品タイトル、総枚数、ペンネーム、本名、住所、電話番号、職業、年齢、投稿・受賞歴）
②原稿は返却しませんので、必要な方はコピーをとって下さい。
③締め切りは特別に定めません。面白い作品ができあがった時に、ご応募下さい。
④採用の方のみ、原稿到着から３カ月以内に編集部から連絡させていただきます。また、有望な方には編集部からの講評をお送りします。
⑤選考についての電話でのお問い合わせは受け付けできませんので、ご遠慮下さい。

[あて先]

〒105-8055 東京都港区東新橋1-1-16
徳間書店 Chara編集部 投稿小説係

キャラ文庫既刊

■秋月こお
- [やってらんねェぜ！] 全6巻
- [セカンド・レボリューション] やってらんねェぜ！外伝
- [アーバンナイト・クルーズ] やってらんねェぜ！外伝2
- [酒と薔薇とジェラシーと] やってらんねェぜ！外伝3
- [許せない男] やってらんねェぜ！外伝4 CUT／こいでみえこ
- [王様な猫]
- [王様な猫のしつけ方] 王様な猫2
- [王様な猫の陰謀と純愛] 王様な猫3
- [王様な猫と調教師] 王様な猫4
- [王様な猫の戴冠] 王様な猫5 CUT／かすみ涼和

■朝月美姫
- [BAD BOYブルース]
- [俺たちのセカンド・シーズン] BAD BOYブルース2 CUT／東城麻美
- [シャドー・シティ] CUT／ほたか乱
- [ヴァージンな恋愛] CUT／極楽院櫻子
- [厄介なDNA] CUT／高群 保

■五百香ノエル
- [キリング・ビータ]
- [偶像の資格] キリング・ビータ2
- [暗黒の誕生] キリング・ビータ3
- [静寂の暴走] キリング・ビータ4 CUT／麻々原絵里依
- [幼馴染み冒険隊 デッド・スポット] CUT／みずき健
- [GENE《ゲーン》 天使は裂かれる]
- [望郷天使 GENE2]
- [紅蓮の稲妻 GENE3]
- [宿命の血戦 GENE4]
- [この世の果て GENE5]
- [愛の戦闘《たたかい》 GENE6]
- [螺旋運命 GENE7] CUT／金ひかる

■斑鳩サハラ
- [僕の銀狐]
- [押したおされて 僕の銀狐2]
- [最強ラヴァーズ 僕の銀狐3] CUT／越智千文
- [月夜の恋奇譚] CUT／吹山りこ
- [夏の感触] CUT／嶋田尚未
- [秒殺LOVE] CUT／桃季さえ
- [キス的恋愛事情] CUT／えとう綺羅

■池戸裕子
- [恋はシャッフル] CUT／雁川せゆ
- [ロマンスのルール]
- [告白のリミット] ロマンスのルール2
- [優しさのプライド] ロマンスのルール3 CUT／ビリー高橋
- [小さな花束を持って] CUT／金ひかる
- [アニマル・スイッチ] CUT／夏乃あゆみ
- [TROUBLE TRAP！] CUT／峰倉かずや
- [いつだって大キライ] CUT／のもまりの
- [ラブ・スタント] CUT／えとう綺羅
- [課外授業のそのあとで] CUT／史堂 櫂
- [恋のオプショナル・ツアー] CUT／明森びびか
- [ひみつの媚薬] CUT／高群 保

■緒方志乃
- [甘え上手なエゴイスト] CUT／高久尚子
- [ファイナル・チャンス！] CUT／北畠あけの
- [二代目はライバル] CUT／須賀邦彦

■鹿住 槇
- [優しい革命]
- [いじっぱりトラブル 続・優しい革命] CUT／橘 皆無
- [甘える覚悟] CUT／穂波ゆきね
- [愛情シェイク]
- [微熱ウォーズ 愛情シェイク2] CUT／高群 保
- [泣きべそステップ] CUT／やまかみ梨由
- [別嬪レイディ] CUT／大和名瀬
- [可愛くない可愛いキミ] CUT／藤崎一也
- [恋するキューピッド]
- [恋するサマータイム 恋するキューピッド2] CUT／明神 翼
- [ゲームはおしまい！] CUT／宏橋昌水
- [囚われた欲望] CUT／椎名咲月
- [甘い断罪] CUT／不破慎理
- [ただいま同居中！] CUT／夏乃あゆみ

キャラ文庫既刊

■かわいゆみこ
【Die Karte —カルテ—】 CUT/ほたか乱

■川原つばさ
【泣かせてみたい①〜⑥】 CUT/禾田みちる
【ブラザー・チャージ 泣かせてみたいシリーズ】
【天使のアルファベット】 CUT/極楽院櫻子
【プラトニック・ダンス①〜③】 CUT/沖麻実也

■神奈木智
【地球儀の庭】 CUT/やまかみ梨由
【王様は、今日も不機嫌】 CUT/雁川せゆ
【勝ち気な三日月】 CUT/楠本こすり
【キスなんて、大嫌い】 CUT/穂波ゆきね
【その指だけが知っている】 CUT/小田切ほたる

■高坂結城
【午前2時にみる夢】 CUT/羽音こうき
【恋愛ルーレット】 CUT/橘 皆無
【瞳のロマンチスト】 CUT/穂波ゆきね
【エンジェリック・ラバー】 CUT/みずき健
【微熱のノイズ】 CUT/椎名咲月
【サムシング・ブルー】 CUT/雁川せゆ

■剛しいら
【このままでいさせて】 CUT/藤崎一也

【エンドマークじゃ終わらない】 CUT/椎名咲月
【伝心ゲーム】 CUT/依田沙江美
【追跡はワイルドに】 CUT/緋色れーいち

■ごとうしのぶ
【水に眠る月 —夢見の章—】
【水に眠る月② —露雨の章—】
【水に眠る月③ —黄昏の章—】 CUT/Lee

■榊 花月
【午後の音楽室】 CUT/依田沙江美

■桜木知沙子
【ささやかなジェラシー】 CUT/ビリー高橋

■佐々木禎子
【ロッカールームでキスをして】 CUT/高久尚子
【ナイトメア・ハンター】 CUT/にゃおんたつね

■篠 稲穂
【ひそやかな激情】 CUT/穂波ゆきね
【草食動物の憂鬱】 CUT/宗真仁子
【禁欲的《ストイック》な僕の事情】 CUT/桃季さえ
【熱視線】 CUT/夏乃あゆみ

■菅野 彰
【毎日晴天!】
【子供は止まらない 毎日晴天!2】
【子供の言い分 毎日晴天!3】

【いそがないで。 毎日晴天!4】
【花屋の二階で 毎日晴天!5】
【子供たちの長い夜 毎日晴天!6】
【僕らがもう大人だとしても 毎日晴天!7】
【花屋の店先で 毎日晴天!8】 CUT/二宮悦巳
【野蛮人との恋愛】
【ひとでなしとの恋愛 野蛮人との恋愛2】 CUT/やしきゆかり

■春原いずみ
【風のコラージュ】 CUT/やまかみ梨由
【緋色のフレイム】 CUT/果桃なばこ
【とけない魔法】 CUT/やまねあやの
【チェックメイトから始めよう】 CUT/椎名咲月

■染井吉乃
【嘘つきの恋】
【蜜月の条件 嘘つきの恋2】
【誘惑のおまじない 嘘つきの恋3】 CUT/宗真仁子
【サギヌマ薬局で…】 CUT/よしながふみ
【blue 〜海より蒼い〜】 CUT/夢花 李
【トライアングル・ゲーム】 CUT/嶋田尚未
【足長おじさんの手紙】 CUT/南かずか

■篁釉以子
【ヴァージン・ビート】 CUT/かすみ涼和
【ヴァニシング・フォーカス】 CUT/楠本こすり